De Memórias nos Fazemos

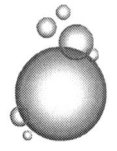

VIOLANTE
SARAMAGO
MATOS

De Memórias nos Fazemos
Violante Saramago Matos © 2022
Published in agreement with Edições Esgotadas

DGLAB
DIREÇÃO-GERAL DO LIVRO,
DOS ARQUIVOS E DAS BIBLIOTECAS

Edição apoiada pela DGLAB -
Direção-Geral do Livro, dos Arquivos e das Bibliotecas

Edição: Felipe Damorim e Leonardo Garzaro
Arte: Vinicius Oliveira e Silvia Andrade
Revisão: Lígia Garzaro
Preparação: Ana Helena Oliveira

Conselho Editorial:
Felipe Damorim, Leonardo Garzaro, Lígia Garzaro,
Vinicius Oliveira e Ana Helena Oliveira.

Dados Internacionais de Catalogação na Publicação (CIP)
(Câmara Brasileira do Livro, SP, Brasil)

M433

Matos, Violante Saramago
    De memórias nos fazemos / Violante Saramago Matos. – Santo André - SP: Rua do Sabão, 2022.
    144 p.; 14 x 21 cm

    ISBN 978-65-86460-95-7

    1. Memória autobiográfica. 2. Literatura portuguesa. I. Matos, Violante Saramago. II. Título.

CDD 808.06692

Índice para catálogo sistemático
I. Memória autobiográfica
Elaborada por Bibliotecária Janaina Ramos – CRB-8/9166

[2022] Todos os direitos desta edição reservados à:
Editora Rua do Sabão
Rua da Fonte, 275 sala 62B - 09040-270 - Santo André, SP.

www.editoraruadosabao.com.br
facebook.com/editoraruadosabao
instagram.com/editoraruadosabao
twitter.com/edit_ruadosabao
youtube.com/editoraruadosabao
pinterest.com/editorarua
tiktok.com/@editoraruadosabao

De Memórias nos Fazemos

VIOLANTE
SARAMAGO
MATOS

Ao meu pai, aqui transcrevendo o que
antes escrevi

ESCADA
Depressa ou devagar
sós ou acompanhados
a apoiar uns ou a apoiar-se neles.
Lanço após lanço,
sem empurrar na subida,
procurando com esforço
o nosso,
chegar lá
a um novo patamar da escada
– É assim a vida.

Parar quando é preciso,
recuar quando se impõe.
Vencer obstáculos,
evitar degraus partidos
entre patamares.
Querer chegar é o que nos alimenta
e nos mantém,
mesmo que haja que ir buscar
quem ficou para trás
– É assim a vida.

Até que os degraus faltem
e não haja mais acima.
– Foi assim a vida.
Que tenha sido vida e não um faz de conta!

(*Escritas da Pandemia com caneta e pincel*,
Violante Saramago Matos)

Índice

Nota de abertura ... 11

I – DE MEMÓRIAS NOS FAZEMOS ... 15
Como é que escreves sobre o que não conheces? ... 17
Há dentro de nós uma coisa que não tem nome, essa coisa é o que somos ... 19
Os cães ... 23
Quem? É a pergunta ... 25
Da palavra que parece estranha ... 27
Flor ... 29
Uma conversa improvável ... 31
Eu e os espelhos ... 35
Dezasseis Ponto Onze ... 37
Livros ... 39
Sobre o pessimismo ... 41
Palavras a mais ... 43
Matéria ... 45
Os touros ... 47
Cuidado, leva uma pessoa dentro ... 49
Um coração de loiça ... 51
Sobre esta coisa estranha de ser grande atrás ... 53
Estocolmo 1998 ... 57
A propósito de respeito ... 61
Trinta anos depois ... 63
Uma birra ao sair da praia ... 65
Ainda o vejo passear à minha frente ... 67
Nem todas as coisas nascem umas para as outras ... 69
Desapontamento ... 71
Sobre a utopia ... 73
A tolerância não é tão boa quanto parece ... 75
Construção ... 77
18 anos ... 79

Caxias 81
Nome 83
Bordado 85
As oliveiras 87
Estás a aprender 89
O velho rio onde brincámos com seixos 91
Entre o pijama e o vestido 93
Do tempo das aulas de religião 95
De como num instante recuamos sessenta anos 97
Sobre a felicidade e o orgulho 99

II – E DE LIVROS TAMBÉM **101**
Mergulhos 103
O Ano da morte de Ricardo Reis 105
Todos os Nomes 113
Memorial do Convento 117
O Ano de 1993 121
A Jangada de pedra 125
A Caverna 129
Vida 133

III – EMPURRÕES **135**

NOTA DE ABERTURA

Tenho ocupado uma parte significativa destes últimos tempos a reler alguns livros do meu pai, como se tivesse sido precisa esta releitura para que umas entrelinhas ficassem mais preenchidas e certas incompreensões resolvidas. Talvez porque o próprio tempo que temos vivido o tenha proporcionado, a presença dele tem sido mais constante em citações, reposição de entrevistas antigas, lives de debate e seminários. Li ou vi alguns. Relembrei outras. Recordei conversas, nossas e de outros. Recuei anos.

Sem dar por isso, nos dois curtos parágrafos que iniciam esta nota, situei-me "nestes tempos", estes que temos sido obrigados a viver. E para que não nos percamos neles, nos tempos, na ansiedade que provocam, numa incerteza que inquieta, talvez o melhor seja aproveitar o tempo que nos sobra de coisas que não podemos fazer, para pensar em tanto a que nem sempre damos a devida atenção.

Queremos que a vida recupere o seu ritmo. Mas precisamos de saber que, dessa recuperação, na sua forma e conteúdo, da sua essência ou da ausência dela depende, mais de que o ritmo, a própria vida. Compreender quem temos sido e escolher como queremos ser pode tornar-se num primeiro pequeno passo para sermos melhor.

Mais do que escritor considerado, mais do que inovador de uma forma de escrita em que lemos como se o ouvíssemos, José Saramago foi um pensador, um cidadão comprometido. Alguém que, pensando, não escondia o que pensava, concordando ou discordando, não se fechava no silêncio. Alguém para quem o Nobel, mais que reconhecimento, foi responsabilidade cívica, sem outras culpas que não a de virar pedras... de onde podem sair escondidos monstros.

Este ano, 2022, fará cem anos que em novembro nasceu um menino em casa pobre, na Azinhaga. Foi a 16, mas como houve um atraso no registo, e para não pagar uma multa para que não havia dinheiro, foi declarado nascituro no dia 18. Mas 16 de novembro ficou! E por uma estranha coincidência, foi no dia 18 que deixou de estar.

Tinha todas as condições para não ser quem acabou por ser. Mas foi! Foi na vida, no modo, no tempo, nas convicções, na literatura, no mundo. E foi meu pai, a quem fui buscar muitas das memórias que guardo, de livros que me acompanham e sobre os quais me debrucei, de caminhos por onde me levou, direta ou enviesadamente. Ou de forma bem mais simples e clara, aqui fica muito do que aprendi com ele, que é alguma coisa do que lhe cheguei a dizer.

Algures no tempo certo encontrou-se com a minha mãe. Desse encontro, dessa vida conjunta, nasci. De ambos herdei caraterísticas, com ambos aprendi a ouvir, a ver. Cada um no seu jeito de ser, cada um no seu caminho.

Com ela converso de vez em quando. Está lá, dentro dos quatro eixos de uma moldura, de bata de trabalho vestida, mão na roda da prensa da gravura, preparada para a tiragem de outra prova, mais uma entre tantas que fizeram a excelente gravadora que foi. Dela, muito discreta, quem sabe se descrente da sua dimensão, posso dizer que me ficou um mundo inteiro de afetos e abrigo, uma imensa falta de jeito para me pôr em bicos de pés, mas ficou ainda mais um extraordinário exemplo de força e coragem.

Dele, há muito tempo que guardo na gaveta da mesa de cabeceira um papel com um pequeno excerto, porque gosto de conversar consigo como se não fosse meu pai, gosto de fazer de conta, como diz, de que somos simplesmente duas pessoas que se querem muito, pai e filha que se amam porque o são, mas que igualmente se quereriam com amor de amigos, se o não fossem. É estranho que tenha tanto a ver connosco, com a nossa vida, estamos em tantas daquelas palavras. Pois é, e quando escrevi, não dei por isso. Foi pouco mais que isto o que, um dia, dissemos sobre este livro, A Caverna. E foi suficiente.

Voltei, repito, a ler o meu pai e retive frases, excertos, que me fizeram anotar, refletir, descobrir. E voltar a textos já escritos.

Mas, repito, para além do pensador e do escritor, sempre tão justa e condignamente recordado e reconhecido, houve um pai. Com quem vivi os primeiros vinte e três anos de vida. Que me ensinou a ler quando me ofereceu A maravilhosa viagem de Nils Olgerson através da Suécia e Coração. Que me chamou várias vezes para conversas sérias e inesquecíveis. Que me apoiou, quando foi preciso. Que, sem retóricas nem palmadas, me ensinou valores e princípios. Um pai com quem a palavra "cumplicidade" era a que melhor definia a nossa relação. Com quem me zanguei e com quem fiz as pazes. Com quem aprendi a aprender.

Recordei momentos simples ou muito difíceis, bocados de vida que me fizeram. Que aqui reúno. E que aqui ficam para um centenário.

Que se assinala agora.

Violante Saramago Matos
Funchal, princípio do ano de 2022

I

DE MEMÓRIAS NOS FAZEMOS

COMO É QUE ESCREVES SOBRE O QUE NÃO CONHECES?

Há muitos anos, andaria pelo antigo 2º/3º ano do Liceu (hoje 6º/7º ano de escolaridade), quando a professora de Português nos mandou fazer em casa uma redação – composição se chama hoje – sobre Goa. Calculo que a razão teria a ver com o facto de, por essa altura, e falaremos de princípios dos anos 60, a União Indiana ter decidido resgatar e incluir para o seu território as colónias portuguesas de Goa, Damão e Diu.

O certo é que vim para casa decidida a fazer alguma coisa de jeito. Sentei-me e comecei a escrever. Enchi talvez duas páginas.

Antes do jantar, fui ter com o meu pai, que estava sentado a ler numa cadeira da sala, para lhe ler o meu escrito, com a convicção de que estava bastante bom. Não se mexeu. Não comentou. Depois de alguns segundos, pousou o livro nos joelhos e perguntou, O que é que tu sabes de Goa? Encostada à ombreira da porta onde estava, respondi, com o ar mais angelical (e também mais inconsciente) do mundo, Nada!

Continuou a olhar para mim e, com toda a calma, voltou a fazer uma pergunta, E como é que tu escreves sobre uma coisa de que sabes nada? Não respondi.

Levantou-se, foi ao escritório, trouxe-me um pequeno documento sobre Goa e disse, Lê e depois escreve. Assim foi.

Assim foi há uns 60 anos. Nunca mais consegui falar ou escrever do que não sei ou não estudei. Para abrir a boca a banalidades ou juntar palavras sem qualquer nexo ou interesse, é melhor estar quieta.

Talvez seja por isso que, ainda hoje, sou tão intransigente com especialistas de sofá, com críticos de crítica vazia, com maldizentes profissionais.

O primeiro grande ensinamento que dele recebi.

HÁ DENTRO DE NÓS UMA COISA QUE NÃO TEM NOME, ESSA COISA É O QUE SOMOS

Do Ensaio sobre a cegueira retive esta fala da Rapariga dos óculos escuros. Quando a li, fiquei à volta dela, a remoer.

Por hábito, consciente ou não, vemos os outros, e a nós, pelo invólucro externo, o 'embrulho', o aspeto, a cor dos cabelos, o tom da pele, a roupa, o nome que a cada um identifica, impresso em letra de forma nos documentos oficiais. É tudo? Não, é tantas vezes nada. Olhar para os olhos, pode ajudar alguma coisa. Mas como o fazer, em tempos em que a 'cegueira' prevalece?

E mesmo que avancemos um pouco mais e nos detenhamos em gestos ou palavras, o que fica realmente dito sobre o que pensamos ou ignoramos? O que damos ou invejamos? O que amamos ou desprezamos? Por onde vamos ou com quem queremos ir? O que fingimos ser ou o que somos?

Alma, consciência, pensamento, moral. Damos muitos nomes ao que desconhecemos. Mais difícil é chegar a conhecer. E não poucas vezes, mal chegar a conhecer-nos.

Retomo o que disse: fiquei a remoer a frase, daquelas situações em que queremos continuar a leitura, mas, sem saber porquê, o olhar volta sempre atrás. E nós vamos com ele e tornamos a recuar. Como se o que parece tão simples viesse afinal acompanhado de uma multidão de sinos que ficam a ressoar dentro da nossa cabeça. Até que um dia, quase do nada, aparece a resposta.

Quando, no ano de 1980, vim viver para a Madeira, decidi que o apelido do meu pai ficava em casa e que assumiria o do marido. Decisão mal aceite pelo pai e até pelo marido. Nenhum percebia porquê, e eu talvez não me explicasse muito bem. Mas sabia que tinha de ser assim. Entretanto, fui entrando no Funchal, fazendo conhecimentos e consolidando amizades. Fui criando o meu espaço. Afirmando a minha presença e a minha intervenção.

Um dia, em princípios dos anos 90, estava com ele no Funchal, quando se aproximou uma pessoa a quem não me ligava a mais pequena partícula de afinidades, uns rápidos bom dia/boa tarde, quando calhava, e pronto. Nunca houve uma conversa, uma aproximação, um entendimento. Nada. Mas, quando percebeu que estava com ele, aproximou-se rapidamente e, em jeito de conversa de orelha, perguntou-me se não era o José Saramago e se eu o conhecia. Que sim, respondi. Que era ele e que o conhecia. Pai, apresento-te X; X, este é o meu pai. Que emocionante, Violante!!! É filha do Saramago. Tem de ir a minha casa tomar um chá!

Continua a não me interessar, sequer, saber onde mora.

Percebeste? perguntei ao meu pai acrescentando que, com X, nunca tinha trocado mais do que meia dúzia de palavras. Só tenho lugar no seu chá, porque sou tua filha... Ficou a olhar muito sério para mim.

Anos depois, através da Rapariga dos óculos escuros, tornou--se-me evidente que tinha andado, afinal, à procura de mim, da coisa que sou.

Ainda falámos sobre isto!

OS CÃES

1.

A relação do meu pai com os cães foi traçando um caminho de sentido único, do medo que lhes tinha em criança, ao afeto pelos três habitantes de sua casa, passando pela presença que têm nos romances, onde estes animais sempre concentram o que de melhor deveria existir nos homens.

O Achado, solidário, percebendo que o dono não estava na melhor das marés, tocou-lhe na mão com o nariz frio e húmido. O Ardent capaz de tal confiança que quatro seres racionais consentem em deixar-se conduzir pelo instinto animal, na deriva atlântica de A jangada de pedra.

Em As intermitências da morte, é o Cão do violoncelista, amigo, que dorme com a cabeça sobre os chinelos do dono.

Regressa Constante no final de Levantado do Chão, alegre, entusiasmado e dando os saltos e as corridas da sua condição, celebrando a justiça nesse dia levantado e principal.

Tomarctus, o vigilante companheiro que depois de ficar a saber que tudo está no mesmo sítio, fica feliz porque, como se lê em O homem duplicado, é isso que os cães mais prezam na vida, que ninguém se vá embora.

Ou o Cão das lágrimas, dedicado, que fica por perto, porque não sabe se não terá que enxugar outras lágrimas.

2.

Dos seus, Camões era especial. Pelo menos, eu sempre o senti assim.

Pode ter sido, e foi, a razão de ser do Achado, o excecional cão de A caverna, mas mostrou ser mais que isso.

Foi também do Cão das lágrimas, o cão que fez chorar o meu pai no Ensaio sobre a cegueira. O cão que uivou, quando o dono morreu. Como o Cão das lágrimas uivou quando, no Ensaio sobre a Lucidez, a dona foi assassinada.

O que já me tem feito pensar tanta vez como a mulher do médico encaixa no meu pai.

Ou o contrário.

QUEM? É A PERGUNTA

Alguém não anda a cumprir o seu dever. Não andam a cumpri-lo os Governos, seja porque não sabem, seja porque não podem, seja porque não querem. Ou porque não lho permitem os que efectivamente governam, as empresas multinacionais e pluricontinentais cujo poder, absolutamente não democrático, reduziu a uma casca sem conteúdo o que ainda restava do ideal de democracia.

(Do Discurso no Banquete Nobel, 10.12.1998)

Vínhamos do passeio matinal. Que a Docas precisa e a bica impõe!

Desde o princípio da rua, víamos um casal frente à nossa casa, entretido a fotografar e a filmar. Fiquei curiosa, mas não em excesso. De vez em quando, acontece alguém se encantar com a marcante buganvília ou com o óculo da porta. A certa altura, a senhora avança, mas o senhor não. Nós continuamos a andar. E paramos a um metro do admirador, que nem sequer deu pela nossa presença. Quando acabou a filmagem, percebeu finalmente que estávamos ali.

Pediu desculpa, mas que tinha ficado a fazer um pequeno vídeo do mar através do óculo (a mulher, creio que o seria, deve ter-se sentido atrapalhada, porque desapareceu no fundo da rua).

Nasceu na Venezuela, filho de um casal do Estreito, não interessa qual, ali ficámos um pouco à conversa. Sobre a casa, a Madeira, as nossas janelas, o Brasil, o nosso óculo. Comentou que eu falava espanhol. Disse-lhe porquê.

Depois, viemos a perceber que lê e que gosta. Que admira a dimensão. E a sinceridade do que foi dito. Que além dos livros lhe ficaram as frases e a sua aparente simplicidade. Lembrou uma que o marcou especialmente, Não é bem assim, desculpou-se, mas é a frase que diz que quem realmente governa não é quem é eleito. Do discurso de Estocolmo, acrescentei.

Acabei a explicar a ida para Canárias, Sousa Lara e outras coisas mais.

Chove. Hoje chove muito. Dia de inverno no verão. Ainda assim, acabei por ter um excelente dia.

DA PALAVRA QUE PARECE ESTRANHA

Esta história é curta. De tamanho, não de intensidade.

Há mais de 50 anos, num dia em que perdi um filho, o meu pai chegou, sufocado de comoção como ele podia estar, aflito a mexer na cara como era seu tique. Não me abraçou. Ficou parado a olhar para mim e disse: A última coisa que podes ter é pena de ti. Vamos, filha, levanta-te.

Muito tempo depois, adoeci. Com razoável grau de gravidade.

E voltei a ouvir: A última coisa que podes ter é pena de ti.

Foi importante. Há sempre alguém pior, muito pior do que nós.

Talvez por isso, não seja meu hábito lastimar-me.

Ainda falámos sobre isto... Ficou entre nós até hoje.

FLOR

E se as histórias para crianças passassem a ser de leitura obrigatória para os adultos? Seriam eles capazes de aprender realmente o que há tanto tempo têm andado a ensinar?

Da contracapa da bela A maior flor do mundo, que não é mais do que muito da tua história e da tua vida. Talvez, sem que eu tivesse percebido, talvez esteja lá a razão de me ter metido ao caminho de escrever para crianças. Sobre o mundo, sobre mim, sobre o que me é importante. Talvez à procura das palavras que possam dar resposta a perguntas que deixaste.

Têm os homens grandes esta coisa de fazer perguntas aparentemente simples. E, quase sempre, é quase sempre tarde para as respostas certas.

Para ti esta flor que não viste e que se alimenta de sonhos e de uma saudade sem tamanho.

UMA CONVERSA IMPROVÁVEL

Local do crime: 10h45m da noite de 13 de julho de 2018, no Parque de Santa Catarina, durante o Funchal Jazz Festival.

Tinha acabado a primeira parte do concerto da noite, depois de uma espantosa hora a ouvir ininterruptamente o Vijay Iyer Sextet. Fui à FNAC comprar o disco "Far from over" e, como o pianista estava a assinar discos, fui ter com ele. À minha frente, um senhor conversava com Vijay Iyer que a uma pergunta – que não ouvi – respondeu que, aos 24 anos, uma pessoa o tinha feito mudar completamente de vida e, no essencial, mandar para o lixo o que tinha ficado para trás. A conversa continuou e chegou a minha vez.

Felicitei-o pelo espantoso concerto e soletrei o meu nome para ele o escrever – v i o l a n t e.

Quando acabou, comentou: Não é um nome vulgar, o que significa?

Pensei imediatamente que uma pergunta destas só podia vir de um indiano. O que significa o meu nome? Não sei, respondi, apenas sei que é um nome português, usado na Idade Média e que foi escolhido pelo meu pai.

E já não pode perguntar-lhe... – comentou. Não, o meu pai já morreu.

E eu, que não sou absolutamente nada dada a confissões e muito menos com estranhos, acrescentei – É, já morreu. E talvez tenha ouvido falar dele.

Ficou a olhar para mim. Sim. Eu!? Sim, o meu pai foi Prémio Nobel da Literatura.

Pousou a caneta em cima da mesa e ficou espantadíssimo sem deixar de me olhar. Quem? José Saramago, respondi. Para meu absoluto espanto, Vijay Iyer levantou-se imediatamente da mesa, incrédulo a olhar para mim e abraçou-me a chorar. Com as lágrimas a caírem pela cara, incontroláveis. Não acredito, não é possível, é filha dele?

Ali ao lado, numa pequena mesa para venda de discos, duas pessoas, que eu conheço e me conhecem, confirmaram. Sim, ela é ... Não houve tempo para acabar a frase! Sim, acabo de perceber, disse Iyer, que acrescentou, Não é possível! Sabe, disse-me, estou a chorar, porque o seu pai é mesmo tão importante para mim, o seu pai mudou a minha vida, sou músico por causa dele, não é por ter recebido um Nobel, é pelo que ele escrevia, pelo que pensava, pela pessoa que foi. Não acredito que hoje, nesta noite, encontro a filha.

Tudo isto foi dito enquanto chorava, sempre a abraçar-me pelo meio mais uns quantos 'não acredito'. Chorávamos os dois e eu sem saber o que dizer, a não ser confessar que também não sabia por que lhe tinha contado – eu, que tão raras vezes falo disto.

Nunca vou esquecer esta noite, disse-me! E, depois de mais um abraço, despedimo-nos.

Faltou-me dizer a Vijay Iyer que eu também não vou esquecer esta noite.

Vim sentar-me ainda em modo autómato. Como já me tinha acontecido antes, sentia-me dentro do Ensaio sobre a Cegueira. Só então olhei para o disco, escrito antes de tudo o que se lhe seguiu e li To Violante. Blessings & Peace.

Não comentei com ninguém. Ao Danilo só disse mais tarde quando, terminado o concerto, descíamos a Avenida do Infante para apanhar o carro. Hoje, é já sábado, contarei aos amigos mais próximos e só a eles. Além dos filhos, naturalmente.

P.S.: escrito em julho de 2018, agora para aqui vem, em 2022.

EU E OS ESPELHOS

Um dia, lá muito atrás, fiz um disparate qualquer. Não me recordo do que foi, mas lembro-me bem do que se seguiu.

O meu pai sempre teve alguns péssimos hábitos.

Nunca me bateu, não tenho qualquer memória de ter gritado comigo. Também é verdade que não recordo que me tenha dado brinquedos ou vestidos. Às perguntas difíceis raramente dava resposta direta; preferia ir rodando, rodando, levando-me com ele até eu conseguir encontrar os porquês.

Pois nesse tal dia do disparate, calculo que depois de me ter dito alguma coisa que não fixei, ouvi-lhe umas palavras: Quando te olhares no espelho, vê se gostas da imagem que ele te devolve, vê se gostas do que vês.

Durante muito tempo, pensei que tinha aprendido mais uma lição. Com o passar dos anos, com a vida, percebi que, naquele dia, o meu pai me estava a dar duas lições. A de que olhar para o espelho é importante para avaliarmos, sem testemunhas, connosco, os nossos atos, o que fazemos e como fazemos. E uma outra, talvez ainda mais importante, a de que olhar para o espelho só importa se nos importamos com a imagem que ele nos devolve. A minha casa tem espelhos.

Neles me olho todos os dias.

DEZASSEIS PONTO ONZE

É noite e estou sentada na cama. Acabei há pouco um capítulo mais da terceira leitura do Levantado do chão.

Penso no dia. No mundo. Onde estamos, como estamos, para onde vamos.

De manhã, assinalei o dia com um post no facebook: Do chão sabemos que se levantam as searas e as árvores, levantam-se os animais que correm os campos ou voam por cima deles, levantam-se os homens e as suas esperanças. Também do chão pode levantar-se um livro, como uma espiga de trigo ou uma flor brava. Ou uma ave. Ou uma bandeira. Enfim, cá estou eu outra vez a sonhar. Como os homens a quem me dirijo.

Do Brasil, Dalila Teles Veras, uma poeta que conheci aqui na Madeira, respondeu-me: Este momento me diz que preciso reler essa imprescindível obra. O Brasil está no chão e é urgente que todos se levantem!

Brasil. Bolívia. Chile. Colômbia. Fico a pensar em quantos mais...

Há 39 anos que este livro saiu. E continua a ser "urgente que todos se levantem!"

Vou à dedicatória e não é preciso mais. Está tudo dito:

"Para a Violante, este livro que fica no mundo como ficam os filhos."

Novembro. 2019
(De Escritas da Pandemia com caneta e pincel, 2021, Edições Esgotadas)

Dezembro de 2021. Estamos no segundo ano da pandemia. O ano centenário já começou. A situação no mundo, e do mundo, parece piorar todos os dias e todos os dias é um pouco mais urgente levantar os homens e as suas esperanças...

LIVROS

Sempre houve em nossa casa um escritório, um lugar que era mais ou menos sagrado. Pelo menos para mim que, pequena, me impressionava com aquelas estantes cheias de livros e uma secretária com papéis, onde não estava autorizada a mexer.

E pelo chão. Sempre que o meu pai se sentava à secretária, rapidamente o chão em volta se enchia de grandes livros. Uns anos mais tarde, percebi que eram dicionários, enciclopédias, livros de consulta.

E havia o silêncio. Pai a trabalhar, a ler, a escrever, à mão ou na máquina, significava silêncio na casa. Se preciso fosse, ou se o trabalho da mãe produzia barulho – as chapas de cobre ou zinco de onde haveriam de sair belíssimas gravuras não se podem fazer em silêncio – fechavam-se então as portas. Aprendi que o trabalho dos outros não deve ser incomodado. Que o devemos respeitar.

Não me lembro, já o disse várias vezes, de o meu pai me dar brinquedos ou doces. Mas recordo bem os dois primeiros Livros (com L maiúsculo) que me deu: A maravilhosa viagem de Nils Holgersson através da Suécia e Coração. Nenhum tem data, mas sei que me foram dados por esta ordem, quando eu teria uns treze, catorze anos. São livros inesquecíveis que me provocaram sentimentos e emoções muito diferentes. Numa prateleira de uma estante de casa, a Selma Lagerlöf, na sua edição da Editora Educação Nacional, encosta-se ao Edmundo de Amicis, numa edição mais recente da Colecção Gôndola Juvenil, da Presença.

Com ambos aprendi duas lições: a primeira é que nunca lemos tudo da primeira vez que lemos; a segunda é que temos que aprender a ler para lá do que as palavras nos permitem ler.

E o mais curioso é lembrar-me do que se passou, quando o meu pai me deu o primeiro. Eu estava sentada a estudar no meu quarto. Ele entrou com um livro na mão e disse: Toma, já é altura de começares a Ler! Não vou dizer, como é evidente, que o livro tem o cheiro dele – é caminho por onde não vou. Mas quando pego nele, há um não sei quê, isso há!

Talvez se chame saudade.

SOBRE O PESSIMISMO

Não sou pessimista, o mundo é que é péssimo. São os pessimistas os únicos que querem mudar o mundo. Para os otimistas tudo está muito bem.

Sobre esta frase do meu pai, falámos um dia em Lanzarote, sentados na varanda que dá para o jardim. Não chegámos a um consenso sobre os termos e conceitos, ainda que estivéssemos de acordo sobre o mundo.

Tenho pensado várias vezes naquela conversa e acredito que os otimistas pensem que Antes assim, que pior..., mas continuo a não saber se os pessimistas querem mesmo mudar o mundo ou se, apenas, se limitam a dizer que *Isto não tem remédio...!* Também tenho a convicção de que a muitos ouviremos a velha expressão Seja o que Deus quiser. E como não sabemos o que Deus quer, a interpretação, esperançada ou resignada, seja ela qual for, fica ao critério de cada um.

Mas nestes anos que passaram e em que refleti sobre este assunto há uma coisa que se tornou um pouco mais clara.

O mundo está péssimo. Mas há somente os que se conformam e os que não se conformam.

Isto, não pude dizer ao meu pai. Quando o descobri, já não ia a tempo.

PALAVRAS A MAIS

Nem sempre é preciso falar. Há alturas em que as palavras não fazem falta, estão a mais, e talvez possam ser ditas depois.

A minha mãe estava já muito doente e não quis que o meu pai a fosse ver. Ele não foi, e um dia depois de ter regressado a Lanzarote, ela morreu. Quando lho disse, pediu-me para adiar o funeral. Regressou a Lisboa no dia seguinte. Fui esperá-lo ao aeroporto. Um abraço apertado e choroso substituiu qualquer palavra. Durante o funeral, não trocámos uma palavra, mas não saiu de ao pé de mim. Quando o fui levar ao aeroporto para regressar a casa, só me disse: Vá, vai procurar descansar.

Nesse ano, uns meses depois, ganhou o Nobel da Literatura. Quando nos encontrámos, disse-lhe: Ela havia de ter gostado. Sim, havia, respondeu.

Não voltámos a falar sobre o assunto. Ao chegar a Estocolmo, em dezembro, demos um grande abraço. Sem palavras que não precisaram de ser ditas, por um brevíssimo instante, naquele abraço apertado, estivemos os três.

Para ser sincera, nunca tive com o meu pai intermináveis conversas. Naqueles momentos realmente bons ou nos realmente maus, nunca precisámos de muitas palavras.

O olhar e o tato substituíram-nas frequentemente.

MATÉRIA

Voltei à Azinhaga. No quarto do alojamento onde fiquei, num pequeno quadro na parede, lê-se datilografado:

"Se tens um coração de ferro, bom proveito. O meu, fizeram-no de carne, e sangra todo o dia."
A Segunda Vida de Francisco de Assis,
José Saramago

    Voltar à Azinhaga é sempre lembrar a casa e a sua oliveira já destruída, os passeios no Almonda, os barcos, o Mouchão, o Paúl, a bisavó, a tia, o pai e a mãe, os tempos de passeio com amigas que a vida foi afastando. Voltar é a ausência dos velhos olivais e a estranha presença de milheirais. Voltar são também os campos que ora são de girassóis, ora de tomate, numa paisagem que muda sem lhe reconhecermos familiaridade. Voltar é percorrer ruas que estão, mas não parecem as mesmas. Voltar é não conhecer quase ninguém. Por isso, voltar é ainda tristeza por ausências, saudades, memórias. Voltar é sentir um coração que sangra.

    Mas hoje voltar foi mais fácil. Por uma fundação que existe.

    Por uma casa que se recupera. Por um projeto que nasce. Por um alojamento que escolhe palavras do nosso pai. Voltar foi um coração que também se comove e alegra.

    Quando entrei no quarto onde agora escrevo, apeteceu-me uma pequena alteração às palavras datilografadas,

> Se tens um coração de ferro, bom proveito.
> O meu, fizeram-no de carne. Uns dias sangra.
> Outros, comove-se.

    É que, de qualquer modo, sangrando ou comovendo-se, falamos de sentimentos e emoções. E são eles, os corações de carne, que nos ajudam a construir a vida. São eles, os corações que não são de ferro, que nos permitem esperança numa possibilidade de futuro.

OS TOUROS

Nem sempre as memórias de grande narrativa são as mais intensas.

Teria uns dezassete anos e namoriscava um forcado. Não era coisa, percebia, que agradasse ao meu pai, mas pensei que o facto se devia às profundas divergências ideológicas com a família do semi-pretendente a namorado.

O ano letivo acabou e fui, como de costume, passar parte das férias do verão à Azinhaga. Nem sempre acontecia, mas nesse ano os meus pais foram comigo. Hoje, creio que o fizeram deliberadamente.

Um dia, o meu pai desafiou-me a ir até ao rio. Fui, claro. O Almonda era confessadamente o meu rio. Ainda que seja estreito, levava água suficiente para não se conseguir passar a vau e foi preciso um barco para chegar à margem esquerda. Quando encostámos, saltámos para terra. Na lezíria à nossa frente, guardados por um campino a cavalo e o seu cão, uma manada de magníficos toiros. Não percebi por que estávamos ali parados. A certa altura, o meu pai virou-se para mim e disse: És capaz de me explicar por que razão estes animais têm que ser massacrados nas touradas?

Acabou-se o namorico. E nasceu um sincero sentimento de raiva contra a selvajaria.

CUIDADO, LEVA UMA PESSOA DENTRO

Lá muito atrás, acontecia vir muitas vezes com o meu pai de comboio da Parede para Lisboa. Ele vinha para o trabalho e eu para a Faculdade.

Numa dessas viagens, falava-lhe entusiasmada do meu namorado e de como estava apaixonada, me sentia feliz, e até achava giro que ele tivesse o cabelo liso e claro, enquanto que a barba era escura e encaracolada. Uma barba à Che Guevara! E continuei a falar dele e da barba.

A certa altura – o meu pai tinha destas coisas, do nada saía a pergunta que nos fazia descer à Terra – diz-me, Nunca o viste sem barba, tens a certeza que gostas dele sem barba!? Fiquei parada. Disse que sim, mas fiquei a pensar que a pergunta era um disparate.

Chegámos a Lisboa. Despedi-me e apanhei o elétrico para a Rua da Escola Politécnica. Durante a subida, a pergunta continuava nos meus ouvidos. Quando encontrei o namorado, olhei-o a sério, tentei imaginá-lo sem barba e fiquei na minha. Gostava dele, sim. Mas continuava a não perceber a pergunta do meu pai...

Largos anos depois, ouvi-o dizer que os livros deviam ser tratados com cuidado e até ter uma capa com um aviso aos leitores, *Cuidado, leva uma pessoa dentro!*

Inesperadamente, lembrei-me da viagem de comboio e percebi que, naquela altura, o meu pai não estava só preocupado com a barba do meu namorado.

Estava a ensinar-me a olhar para o interior das aparências. Quando lho disse comentou, De-moraste tempo!

Dei-lhe um abraço.

UM CORAÇÃO DE LOIÇA

Desde relativamente cedo aprendi a reconhecer no meu pai uma muito nítida contenção de emoções. Sinais subtis, expressões de lábios, um gesto tão seu de mexer as mãos, o quanto baste, a mal deixar transparecer o que poucos conseguiam perceber.

Se há livro onde as emoções marcam o terreno é As pequenas memórias. Não nego que o leio com um olhar diferente, porque estão ali coisas que vivi, que sei, que acompanhei. Está a Azinhaga e Lisboa, está o Almonda e a Rua Carlos Ribeiro, está a tia Elvira ou o não conhecido Jerónimo, está a inesquecível Josefa. Estão tantos outros. Está tanta vida.

Gosto de agarrar num livro que já tenha lido, abri-lo e deixar-me ir pelas já conhecidas palavras e linhas. Um destes dias aconteceu folhear As pequenas memórias e ao acaso ir lendo, até que cheguei a um objeto que está, ainda hoje, na prateleira de uma estante da minha casa.

Como aí escreveu o meu pai ao falar da sua relação com o senhor Chaves, pintor da fábrica de cerâmica Viúva Lamego, um dia levei-lhe uma quadra ao jeito popular que ele pintou num pratinho em forma de coração e cuja destinatária seria a Ilda Reis, a quem começara a namorar.

Cautela, que ninguém ouça / O segredo que te digo: / Dou-te um coração de louça / Porque o meu anda contigo.

O coração de loiça data de 1940.
Os meus pais separaram-se, em 1970.
E o meu pai lembrava-se, quando escreveu *As pequenas memórias publicadas, em 2006.* Tanto tempo depois, e ele lembrava-se.
Percebi que tenho razão quando sinto que conhecia o meu pai e o tamanho das suas emoções.

SOBRE ESTA COISA ESTRANHA DE SER GRANDE ATRÁS...

Entre Lisboa e a Parede, vivi em três casas. Saí com 7 anos de Lisboa, de uma casa pequena num segundo andar da Rua Braamcamp Freire – a curiosidade levou-me mais tarde a saber que quem deu nome à rua em que nasci nasceu fidalgo no século XIX, em Lisboa, de famílias ribatejanas, como ribatejana é essa outra terra, a aldeia da Azinhaga. Um homem (que haveria de ser notável) alugou uma pequena casa situada numa rua com o nome de um republicano que, entre outros feitos, havia sido membro da Academia Real das Ciências de Lisboa e fundador do Arquivo Histórico Português. É estranho, fui à procura de saber quem foi Braamcamp Freire. Não me lembrei nunca de perguntar por que me deram o meu nome. Podia ser um primeiro passo para saber o nome que tenho...

É a segunda casa da Parede a que mais me marcou, porque lá vivi mais tempo e, sobretudo, até pela idade, aquela onde mais aprendi.

Estávamos na década de 60, foi há 60 anos, quando a minha mãe, finalmente, segue o seu caminho e começa a voar. Desenho, pintura, gravura. Começar a caminhar para deixar de ser a mulher de alguém, também isto aprendi com ela.

Sim, ela acompanhava-me mais, era a mãe e estávamos em meados do século passado. Mas, a partir de certa altura, soube desligar-se do que era, então, 'normal' – quase não existir para que marido e filha fossem bem atendidos e nada lhes faltasse. Para que o marido pudesse encerrar-se no escritório a escrever e a começar uma carreira e a filha crescesse entre estudos, sonhos, ambições e ilusões. E ela sempre atrás, sacrificando a sua vida para que nós pudéssemos ser nós.

Mas foi capaz de perceber a imensa injustiça que caraterizava esta conceção de vida e foi-se embora, arrancou atrás das suas telas, chapas, buris, águas-fortes, prensas. Papéis e tintas. Gravar, o seu sonho e o seu grande trabalho.

A partir dessa altura, havia dois 'lugares sagrados' na casa, os dois escritórios. Entrar lá dentro era um outro mundo onde se respiravam palavras e tintas. Hoje, tenho a impressão que, quanto mais silenciosa a casa estava, mais eles trabalhavam, mergulhados nos seus mundos, como se não existisse mundo à volta.

O jantar tinha normalmente uma 'sobremesa' que variava entre uma crónica dele e o caminho que uma gravura dela estava a seguir. Aprendi ali tanto, mesmo quando a política, que nunca foi assunto proibido, entrava porta adentro.

Não há grandes homens com grandes mulheres atrás. Há grandes homens. Há grandes mulheres. Ou não.

Tive o imenso privilégio de ter vivido e crescido no meio deles, aprendido com eles. Tenho total consciência da imensa honra e da responsabilidade (que exijo de mim) por ser filha de um homem que mereceu o Prémio Nobel da Literatura e de uma mulher que recebeu o Prémio Europeu das Artes. E tenho a absoluta certeza que muito de quem sou vem de quem comigo vivia naquele rés do chão da Rua Trindade Coelho.

ESTOCOLMO 1998

Confessadamente vinda de outro planeta e a levitar, cheguei a Estocolmo no dia 7 de dezembro de 1998.

No turbilhão dos dois meses desde o anúncio do prémio Nobel de Literatura, os dias foram todos diferentes e, até Estocolmo, apenas tinha conseguido estar duas vezes com o meu pai, quando chegou a Lisboa e quando teve que ir a Paris e fez questão que eu fosse também. E por isso, hoje, posso dizer que entrei no ano dois do segundo século de vida em Paris.

Mas não é Paris que aqui me chama. É Estocolmo. São as estupendas tardes de conversa, cumplicidade e tanta aprendizagem. Entre tantos, aqui ficam estes. Carlos Reis, o agora comissário das comemorações do Centenário, Batista Bastos, padrão maior da amizade, Eduardo Lourenço, o mestre, Zeferino Coelho, o seu editor, companheiro e amigo.

É a sessão na Academia Sueca e o extraordinário discurso "De como a personagem foi mestre e o autor seu aprendiz".

É a entrega do prémio na Casa dos Concertos de Estocolmo. É o jantar dos Laureados no salão da Câmara Municipal de Estocolmo, servido por estudantes universitários para quem é honra maior ser escolhido. O jantar, onde percebi a importância que o Nobel da Literatura tem, pelo lugar que me foi atribuído – o mais importante a seguir à mesa real. O jantar onde os cinquenta anos da Declaração Universal dos Direitos Humanos foram razão para um notável e tão atual discurso.

E é o inesquecível privilégio de estar sentada entre o meu pai e o Batista Bastos no almoço do dia seguinte, num clássico restaurante da cidade velha, Den Gyldene Freden (A Paz Dourada), propriedade da Academia Sueca que ali tem uma pequena sala onde é (ou era) escolhido o Nobel da Literatura. O meu pai estava em casa e nós com ele.

Mas Estocolmo é, também, a ríspida e inequívoca reação do meu pai para com um jornalista de uma estação de televisão que tinha desrespeitado o sigilo ético e profissional, ao divulgar o discurso que ele iria proferir nessa noite no jantar. Apesar de assumido, o compromisso de honra fora quebrado. E o meu pai não perdoou. Tudo estava a ser tão importante, tudo parecia adivinhar a dimensão dos anos seguintes – era como se uma porta se estivesse lentamente a abrir para deixar sair o homem que reafirmou ser depois do Nobel – que, também por isso mesmo, era impossível fazer de conta que alguém não ter honrado a palavra dada não tinha qualquer importância. Tinha, teve e tem. Para ele, e para todos nós.

Estocolmo foi isto tudo e mais alguma coisa. No meio dos dias inesperados e grandiosos, também houve lugar a travessura.

Este já ninguém lho tira – é o que 'diz' o meu ar meio maroto das fotografias no momento da entrega do prémio pelo rei Carlos Gustavo. É o que 'diz', porque é o que eu pensava e, sim, pensava em algumas gentes.

De vez em quando, mesmo em dias intensos em que tanto se vive e tanto se aprende, podemos ser uma criança travessa...

A PROPÓSITO DE RESPEITO

Foi sempre boa a relação com o meu pai? Não, por duas principais razões. Porque os meus pais se separaram e eu fiquei com a da minha mãe.

Porque, também porque, estávamos nos anos 70, período de intensa atividade política, de fim de regime, de procura de novos caminhos, de irredutibilidades e certezas. Os anos em que ele era quadro ativo do PCP e eu militava no MRPP, de onde é fácil concluir sobre a impossibilidade de entendimento ou de qualquer cumplicidade.

Ainda que 1974 pudesse propiciar uma certa aproximação, a verdade é que o chamado verão quente e o 25 de Novembro de 75, nos colocaram novamente de forma inequívoca nos antípodas da luta política. E assim ficámos. Mas é preciso que aqui diga, conhecendo-o como o conheci, que acredito no que me contou mais tarde, sobre os acontecimentos no Diário de Notícias. E continuo a pensar que muitos escrevem sem saber do que falam ou, propositadamente, sabendo que estão a distorcer os factos, estes e outros.

Demorou tempo, passaram alguns anos.

Um dia reencontrámo-nos, com uma tal naturalidade que não sou capaz de recordar em que exato momento ou por que exatas razões, e não voltámos a afastar-nos. Talvez que as nossas relações não pudessem ter sido de outro modo, porque, afinal, fomos inteiros nas nossas atitudes.

Creio que a nenhum de nós era possível deixar à porta de casa pontos de vista e convicções. Ser dentro de casa o que não éramos fora dela. Ou imaginar, ingenuamente, que o amor entre pai e filha tudo apagaria. Foi preciso crescer, aprender, amadurecer, viver.

Foi até preciso afastarmo-nos, para que, no reencontro, se abraçassem o amor e, porque conquistado, o respeito. Cada um, provavelmente, mais convicto nas suas convicções. Mas ambos com a certeza que, ao fim e ao cabo, a coluna vertebral de cada um, aquela coisa que ajuda a manter a cabeça em cima dos ombros, se tinha mantido direita.

Sobre tudo isto só pensei mais tarde, muito mais tarde, quando li A Caverna.

De tudo isto falámos um pouco. O suficiente.

TRINTA ANOS DEPOIS

Foi em Lanzarote.

Na varanda da casa, entre olhar para o ar e para o mar, a conversa ia correndo sobre coisas várias. A certa altura, falou-se da minha prisão em Caxias. Do como foi, do que se tinha passado, da importância das únicas visitas que tinha, as deles, os meus pais. Enfim, do que fica quase trinta anos depois. Também se falou da chegada da minha filha e da coragem da minha mãe.

Na altura, sabia-se que a presença dos filhos junto das mães presas diminuía em muito a tortura. E a minha mãe fê-lo, foi entregar a minha filha ao guarda de Caxias, dizendo que não podia tomar conta da bebé e que a entregassem à mãe que estava presa. Acredito que terá sido o pior dos seus dias de vida. Falámos os dois, por isso, da coragem e também do sofrimento. E o meu pai disse-me uma coisa que nunca mais esqueci: A tua mãe era assim, debaixo daquele ar calmo, sereno e até resignado, tinha coragem e capacidade de sofrimento sem limites. Passados que estavam uns trinta anos sobre o divórcio deles, percebi que o tempo em que vivemos os três tinha deixado boa marca e que, naquela frase, muita coisa tinha ficado no sítio certo. Senti-me bem!

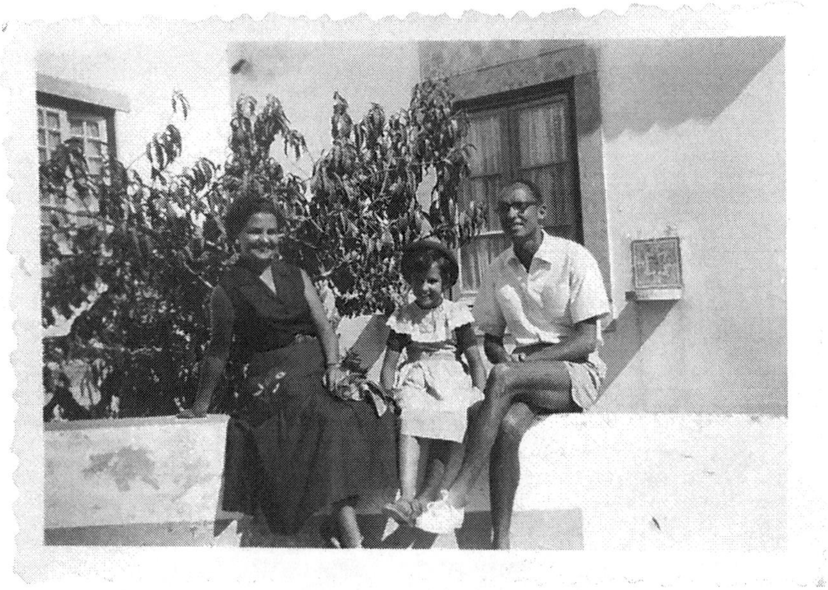

UMA BIRRA AO SAIR DA PRAIA

Teria uns oito anos quando nos mudámos de Lisboa para a Parede. Não sei porquê, mas creio que terá sido pela simples razão de os meus pais gostarem de praia. Ou porque seria mais sadio. Ou porque as casas eram mais económicas, não sei.

Da praia, da minha praia da Parede, recordo a areia, claro, as escoadas de rocha pelo mar dentro, as marés vivas – os dias em que não nos deixavam tomar banho, os toldos e as barracas, a senhora Maria (seria assim que se chamava?) vestida de branco e com um chapéu de palha, que nos trazia uma caixa de folha pintada de branco onde se dispunham uns tabuleiros repletos de bolas de Berlim com recheio que, em modo de tortura, só podíamos comer depois do banho de mar, por causa da digestão...

Aprendi aí a gostar de praia e de mar e era sempre pouco, era sempre cedo para vir para casa. Um dia, não sei bem que idade teria, decidi fazer uma birra monumental, porque não queria sair da praia. Recordo o eco que o meu choro fazia no túnel de saída que passa por baixo da Estrada Marginal. Os meus pais não se comoveram e eu continuei a chorar.

Uns metros à frente, já na rua que subia da Marginal em direção à estação de comboios, havia, calculo que já não haverá, um pequeno ringue de patinagem onde eu costumava ir patinar – outro dos benefícios de morar na Parede – e até sonhava inscrever-me no clube de hóquei em patins da terra... não sei bem para quê, mas sonhava.

Para o que aqui interessa, nesse dia, ao passarmos pelo ringue, eu continuava a chorar, como se me tivessem roubado este mundo e o outro. De repente, o meu pai parou, chamou-me, mandou-me olhar para o ringue. Ainda solucei, mas calei-me rapidamente. Uns miúdos, mais ou menos da minha idade, trabalhavam no arranjo do pavimento de cimento do ringue.

Ele não disse nada. Eu nunca mais andei de patins.

AINDA O VEJO PASSEAR
À MINHA FRENTE

Não sei ao certo que idade tinha. Sei que este episódio se passou na primeira casa onde morámos, na Parede, e de onde saímos tinha eu onze anos, por isso digamos que deveria andar pelos nove, dez.

Um dia, tirei dinheiro do porta-moedas da minha mãe. Não sei para quê, nem quanto. Tenho uma vaga ideia de vinte escudos, mas não deve poder ser, porque vinte escudos naquela altura era bastante dinheiro e abastança não era exatamente o que havia em casa. Não havia, ou eu não senti, dificuldades, mas tudo era muito comedido.

Era inevitável que a minha mãe ia dar por isso. Deu. E falou com o meu pai que me chamou ao seu escritório e me fez sentar na cadeira da sua secretária. Lembro-me perfeitamente do escritório, não muito grande na esquina leste da casa, com duas janelas altas. Duas paredes com estantes cheias de livros, uma secretária e a cadeira, um cadeirão, com uma pilha de livros ao lado. Um rádio sempre sintonizado na Emissora Nacional.

Pois fiquei sentada na cadeira, cheia de medo, confesso.

Ele andou à minha frente, a falar calmamente, sem levantar a voz, talvez umas duas horas. Ou então foi a intensidade do momento que me fez parecer tanto tempo, não sei, há alturas em que o tempo nos engana ou nós nos enganamos a medi-lo, deve ser mais isso.

Já passaram mais de sessenta anos. A cena está muito clara na minha cabeça. E eu nunca mais tirei a ponta de um alfinete que não fosse meu...

NEM TODAS AS COISAS NASCEM UMAS PARA AS OUTRAS

Devo ao meu pai ter acabado o curso em tempo mais ou menos aceitável (não por cabulice, mas porque as lutas académicas e políticas foram muitas vezes prioridades inadiáveis).

No final do liceu, o que corresponde agora ao final do secundário, depois de muito hesitar entre Biologia e Engenharia química, decidi-me pela engenharia. Sempre fui aluna média, mas também nunca achei que fosse essencial à minha vida ser uma aluna de quadro de honra, onde se aclamavam os melhores. Acabei o sétimo ano com treze valores, o que quer dizer que as minhas notas eram equilibradas. Convém acrescentar que, na altura, Biologia era considerado um curso menor, enquanto a Engenharia Química estava na moda.

Nestas andanças, a preparar o exame para a entrada no Técnico, um dia, o meu pai veio convidar-me para almoçar. Confesso que fiquei preocupada, que é que ele me quereria que não podia ser tratado em casa? Comemos num restaurante que havia no Largo do Rato em Lisboa e rapidamente percebi que a razão deste inesperado convite era o meu curso. A conversa durou toda a refeição e, já mesmo no final, pediu-me uma razão forte que o convencesse de que eu queria mesmo Engenharia.

Detesto o professor de Ciências, disse rápida.

Mas o professor fica no liceu, tu segues para a faculdade, respondeu.

E voltámos ao princípio de tudo. Pelo meio da tarde, quando saímos, Biologia era a minha escolha. E foi. Definitiva e inequívoca. Depois do assunto arrumado ainda lhe perguntei como é que ele tinha percebido. Porque do que tu gostas é de conhecer a Vida. Como é que sabes? Porque vejo como lês publicações e artigos sobre a Vida. Era verdade, mas eu não tinha percebido.

Eu só sabia que detestava o professor de Ciências... Ele sabia que jamais eu seria engenheira química. A atestar esta verdade, as minhas piores cadeiras da faculdade estiveram, imagine-se, no Departamento de Química. E a pior de entre todas, Bioquímica! O que me intriga é saber por que razão, mais de trinta e cinco anos depois, eu me lembrei deste episódio da primeira vez que li a afirmação de Joana Carda em A Jangada de Pedra de que *Nem todas as coisas nascem umas para as outras...*

DESAPONTAMENTO

Era bem miúda e lembro-me de o meu pai jogar ténis. Morávamos na Parede e ele ia com uns amigos jogar, duas vezes por semana, a um court que havia ao lado do Rádio Clube Português, na altura, com a sede ou uma delegação na Parede, já não me lembro. Ele jogava bem, ao que eu sabia. E eu gostava de aprender a jogar. Tanto pedi que um dia ele decidiu ensinar-me. Ou tentar, como se verá.

Arranjou-me uma raquete, creio que uma que já não usava, e lá fui ao lado dele, toda cheia de mim, a atravessar o centro da Parede de raquete de ténis ao ombro, ao lado do pai. Um dia, depois de algumas aulas onde não me mostrava especialmente habilidosa, ele bate uma bola alta e grita-me recua. Ora eu percebi rua e deixei-me ficar parada a olhar para a bola que caiu dentro das linhas do campo. Se eu tivesse recuado, talvez o meu futuro fosse outro. Assim, o meu pai veio à rede e perguntou *Porque é que não recuaste? Porque percebi rua! Não há rua no ténis...* O olhar dele foi tão expressivo, que eu percebi que aquele era, provavelmente, o primeiro grande desapontamento que lhe dava.

Nunca mais peguei na raquete que ficou encostada à parede do meu quarto durante algum tempo. Não servia para nada a não ser para fazer figura, elas não sabiam, mas era uma triste figura, junto das amigas que iam a minha casa. Depois deitei-a fora.

Ainda hoje, não há vez nenhuma que, quando há bola fora num jogo de ténis, eu não me lembre do rua. E gostava de perceber por que diabo este episódio, que verdadeiramente não tem grande importância, ficou tão gravado na minha memória.

SOBRE A UTOPIA

Há uns quinze, vinte anos, um jantar de Natal em casa do meu pai em Lanzarote teve como sobremesa especial uma discussão sobre utopia. Mantive-me afastada, porque era assunto sobre o qual não tinha ideias muito claras além do óbvio e imediato – uma utopia será qualquer coisa que se assemelha a um sonho irrealizável, a um lugar ideal, mesmo que não esteja caraterizada a idealidade.

Falaram muito, o meu e pai e uma amiga (que aqui não quero identificar), sobre a utopia que o meu pai rejeitava e a amiga defendia como motor para avançar, para continuar a andar. Mas andar para onde? questionava o meu pai. Andar para onde quero, para chegar onde quero, por onde acho que seja o caminho certo, respondia ela. Então sabes que queres chegar a qualquer coisa ou a algum lugar? tornava o meu pai. Sei. Mas uma utopia é inalcançável, portanto nunca lá chegarás, e estarás sempre a andar, a andar, e não chegas nunca, e mesmo que chegues a algum lugar, não foi à utopia, porque por definição é utópica...

A discussão continuou um bom par de horas. No final, ficou muito claro na minha cabeça que não precisamos de utopias, precisamos é de sonhos, de objetivos. E, sobretudo, precisamos de viver, de querer e de trabalhar para os concretizar.

Em Lanzarote, em mais um Natal inesquecível.

A TOLERÂNCIA NÃO É TÃO BOA QUANTO PARECE

A propósito de uma entrevista do filho, já falei de Dolores Aveiro. Volto a ela por um episódio recente a que assisti.

O local é Funchal, na esplanada de um café. Chamou-me a atenção o ar de três pessoas que, numa mesa ao lado, falavam e riam de alguém, que não identifiquei. A certa altura ouço: A gente aguenta por causa do Ronaldo e o gajo não tem culpa. E riam, muito.

Dediquei uns minutos a ver aquelas criaturas. Todos adultos, a transpirar desdém por todos os poros. Eles, com aquele jeito de falso blasé que dá o fato completo e camisa azul clara com três botões abertos, ela elegantíssima de jeans, camisa e blusão de cabedal. Quando saí, aquelas três pessoas, que não imagino quem sejam, ainda ficaram a falar e a rir num exercício de petulância néscia.

Como de vez em quando acontece, lembrei-me do meu pai e do que ele tão claramente disse numa entrevista ao jornal brasileiro O Globo, em 1993, e que aqui transcrevo.

Tolerar a existência do outro e permitir que ele seja diferente ainda é pouco. Quando se tolera, apenas se concede, e essa não é uma relação de igualdade, mas de superioridade de um sobre o outro. Sobre a intolerância já fizemos muitas reflexões. A intolerância é péssima, mas a tolerância não é tão boa quanto parece. Deveríamos criar uma relação entre as pessoas da qual estivessem excluídas a tolerância e a intolerância.

É verdade que já falei desta mulher, e se volto ao assunto, não é por concordar (ou não) com o que ela faz ou diz. É porque, em boa verdade, não escrevo sobre ela, escrevo sobre respeito, valores, até direitos. Porque há coisas que precisamos interiorizar bem. Coisas sobre as quais temos a obrigação ética de tomar posição. Também isto aprendi com o meu pai.

CONSTRUÇÃO

Talvez tenha herdado do meu pai este hábito de pensar nas coisas...

Dois anos depois de ter começado, a pandemia de covid não dá sinais de ceder. Quando parece estar à vista uma possibilidade de controlo, novas estirpes criam outras e maiores dificuldades. Também julgo que, verdadeiramente, nunca se saberá de onde veio o vírus, se escapou de um laboratório onde foi criado ou manipulado, ou se chegou à espécie humana em consequência da anexação pelos homens de habitats selvagens.

Na primeira hipótese, criar um vírus patogénico não é ensaio que tenha a ver com ciência, antes tem tudo a ver com arma biológica. Criminoso, em meu entender. No segundo caso, outro crime, embora não pareça. Porque tais anexações implicam não só desequilíbrios ambientais nos ecossistemas, ou até, mesmo, a sua destruição, mas também a possibilidade de a nossa espécie ser contaminada por microrganismos que nos são estranhos e potencialmente perniciosos. Ou sermos nós os agentes contaminantes de outras espécies ou comunidades. Temos dificuldade em perceber isto? Temos dificuldade em acreditar que não somos, individual e coletivamente, capazes de lidar com qualquer microrganismo, que não vemos, não sentimos, não cheiramos, cuja existência desconhecemos? No entanto é tão fácil... Basta lembrarmo-nos da história da colonização do Brasil e de como doenças levadas pelos europeus provocaram epidemias que devastaram as tribos indígenas. Nem interessa agora se essas doenças foram ocasional ou propositadamente introduzidas, até porque se sabe que se verificaram as duas situações; o que interessa é que essas epidemias foram a causa do extermínio de povos inteiros que, por falta de imunidade e de mecanismos de resistência, não tinham qualquer possibilidade de as vencer. E algumas eram tão simples como uma diarreia...

Não, não somos senhores do universo. Somos só mais uma espécie que é diferente de todas as outras, nas coisas boas, como nas más. E ainda assim, nas boas, há outras parecidas; nas muito más, estamos mesmo sozinhos.

Em 2004, numa entrevista ao jornal O Estado de S. Paulo, o meu pai disse que: Não há nenhum caminho tranquilizador à nossa frente. Se o queremos, temos de o construir com as nossas mãos.

Lembrei-me hoje destas palavras. Passaram quase vinte anos e percebo que essa construção está tão difícil, quanto urgente. Até aqui, não têm sobejado mãos.

18 ANOS

Não sei se ainda é assim, mas os 18 anos eram, apesar de não corresponderem à maioridade, uma etapa em que os degraus da escada da vida pareciam ter outro tamanho. Ter dezoito anos era ser crescido, era estar mais perto de ser adulto, era sentir que podíamos, que íamos enfrentar o mundo, ter sonhos e torná-los certezas. E como nós queríamos ser adultos!

O dia dos 18 anos era, por isso, mais que simbólico! Os meus pais propuseram-me, e concretizaram, um dia que nunca mais esqueci. Além de uma pequena festa em casa com os meus amigos, a casa de jantar foi transformada numa sala de teatro e A cantora careca de Ionesco subiu à cena, bem adaptada ao facto de nunca, qualquer um de nós, se ter aventurado na arte do palco. Fui a Sra. Smith e o Luís Filipe Rocha (ele, sim, haveria de se tornar cineasta) o Sr. Smith. Uma amiga e um amigo, a Sra. e o Sr. Martin.

De A cantora careca o que se pode dizer é que Ionesco nos traz duas famílias inglesas burguesas, entre quem se desenrolam diálogos sem sentido, sem nexo, sem emoções, lugares comuns e frases feitas que servem para tudo ou não se encaixam em lugar algum. É o teatro do absurdo.

De nós, é justo dizer que tínhamos a inconsciência dos dezoito anos, mas também que no final estávamos inchados da nossa performance.

De mim, há que confessar que me ficou sempre muito presente talvez porque, depois de tudo aquilo acabar, o meu pai me abraçou, falámos do que tinha acontecido e entre outras coisas disse-me que esperava que eu tivesse percebido como é preciso que não haja dificuldade de comunicação entre as pessoas, como é importante falar de modo que a que os outros nos entendam, até porque isso significa sentimento e respeito.

Pois é, uma lição certa na altura em que eu começava a ser crescida.

Numa cópia em razoável bom estado, a Sra. e o Sr. Smith, em 1965.

CAXIAS, 73

Em 1973, fui presa na Praça da Figueira em Lisboa, na manifestação do 1º de Maio. Estava com vários colegas universitários, um pide apontou para mim e disse a um polícia, É esta. Aconteceu assim, na esquina da Rua João das Regras, naquele dia, pelas seis e meia da tarde, no seguimento de uma forte carga policial no Rossio. Ainda hoje não passa um primeiro de maio sem que me lembre deste episódio.

Fui levada, com muitos outros manifestantes, para um comando da PSP que havia na Rua Capelo, junto ao Teatro Nacional de S. Carlos, onde passei a noite. Não digo dormir, porque ninguém dormiu naquela noite.

No dia seguinte, seguimos todos para Caxias. Comecei por ficar com mais mulheres e raparigas, numa sala do 2º andar direito. Depois da identificação no reduto sul (o das torturas), fui para uma cela, onde estive isolada durante todo o tempo em que estive na prisão, a cela com o número sessenta e oito.

Não são aqui chamados nem os interrogatórios, nem a pancada, nem as noites sem dormir. Nem tão pouco a entrada da minha filha, que haveria de se concretizar a vinte e tal de maio.

O que aqui interessa é que, da primeira vez que tive visitas, eram semanais, os meus pais estavam lá, os dois, embora já divorciados há 3 anos. E foram sempre os dois, durante todo o tempo, que estiveram a apoiar-me. Houve várias visitas que não esqueço, mas a primeira de todas foi a mais importante.

Quando cheguei ao parlatório, lá estavam eles, juntos, do lado de lá do vidro. Logo nos primeiros minutos da conversa, o meu pai pergunta-me: Queres que paguemos a caução? Não, respondi. Então, tens que ir buscar forças, nem que seja ao dedo grande do pé!

Inesquecível maneira de me dizer que eu só podia contar comigo, com aquilo em que acreditava, com os meus princípios e valores, com a minha convicção e com o meu corpo. Com a minha força e com a minha vontade.

Em Caxias, até 28 de julho, dia em que saí sem que a Pide tivesse uma linha de declarações minhas e, portanto, não pudesse constituir auto de culpa, fui ao dedo grande do pé todos os dias.

E têm sido tantas as vezes que lá voltei, nestes quarenta e nove anos!

NOME

    Conheces o nome que te deram, não conheces o nome que tens, diz-se no Livro das Evidências.
    Ada, Benjamim, Carla, Duarte, Elvira, Fernando, Guiomar, Hélder, Ivone, João, Karina, Leopoldo, Marcolina, Nelson, Olívia, Patrício, Quitéria, Rui, Susana, Teodoro, Úrsula, Valério, Wilma, Xavier, Yara, Zacarias. Com todas as letras do alfabeto, é possível construir todos os nomes. Nomes por que somos chamados, nomes que ficam escritos em documentos quando nascemos, nomes que damos aos filhos ou escolhemos para afilhados.
    Até ter lido a frase do Livro das Evidências, nunca tinha, sequer, pensado no assunto. Nem as duas Maria Teresa que foram minhas colegas na mesma turma do mesmo ano no mesmo liceu (que além dos nomes tinham os apelidos exatamente iguais) com um feitio e modo de ser completamente diferentes, me chamaram a atenção para esta evidência. A ambas foi dado o mesmo nome, mas com feitios tão opostos, como podiam ambas ter o mesmo nome?
    Mais tarde, bastante mais tarde, comecei a perceber que o que tem de facto significado é o que somos, quem somos, como somos. Tal-

vez, um talvez mais que certo, Todos os nomes e o Livro das Evidências tenham dado preciosa ajuda. Talvez por isso lide tão mal com o disfarce, a hipocrisia, o faz de conta, o oportunismo. Talvez por isso ache cada vez mais estranho que se enalteça o vale tudo, o passar por cima, a golpada, a falta de ética e de seriedade. Talvez por isso mesmo me pergunte sobre a importância do carro grande que se conduz, do último modelo de óculos de sol que se usa, do fato de marca que se veste. Ou sobre a arrogância com que se olha para os outros – os tontos que não souberam subir na vida...

    Conheces o nome que te deram, não conheces o nome que tens. Ou, de um outro modo que sinto ainda mais inteiro, Conheces o nome que te deram, há que conhecer o nome que és.

BORDADO

No final dos anos 80, o meu pai veio à Madeira e porque há locais obrigatórios nesta ilha, impôs-se o miradouro da Eira do Serrado, mil e cem metros acima do nível do mar. Chegados, olhou em frente, para os lados e para baixo. Em silêncio.

Para quem não conhece, é preciso que se diga que este miradouro é uma plataforma sobre uma parede quase a pique e depois são quinhentos metros que o olhar desce num ápice até lá abaixo, ao fundo do vale fortemente erodido onde está o Curral das Freiras, pequeno povoado apertado entre as vertentes das montanhas. À nossa frente, no outro lado da montanha subindo até à Boca da Corrida na parte alta do Estreito de Câmara de Lobos, numa vertente tão alta e quase tão vertical como a do lado do Funchal, um número infindável de pequenos poios com as suas veredas de acesso são o espelho da força de vontade, da necessidade, do trabalho na terra. Poios onde gente trabalhou e trabalha ainda para se alimentar, para poder viver. Poios aonde é preciso chegar com alfaias às costas, as sementes no saco. Onde o dia se passa entre cavar, limpar, mondar, podar. Onde haverá (espera-se) de se fazer colheita do que a terra der. E de onde se trarão para baixo os produtos que a terra deu. Poios para onde era preciso subir e de onde havia que descer. Todos os dias, tantas vezes toda a vida. Sempre a pulso, que a grande inclinação das paredes não permite outra forma.

O meu pai estava calado e eu fiquei impressionada com tanto silêncio. Olhei para ele e vi-o comovido. Só disse uma palavra, Esmagador.

Muito pouco falámos lá em cima e só no fim do dia, conversando, nos disse como tinha ficado perturbado com o que tinha visto. Não tanto pela localização do Curral, mas sobretudo pelos poios e pelo bordado que os poios faziam pela montanha acima.

Tinha razão. Os poios são verdadeiros bordados na montanha.

E, acrescento agora, nos poios, o garanito, as cavacas, o bastido, o caseado e todos os outros pontos do bordado Madeira são talhados na serra a enxada, com a força dos braços.

AS OLIVEIRAS

    Azinhaga era sinónimo de oliveiras.
    Ainda está na minha memória a oliveira à frente da casa da bisavó. Bastava sair do quarto de fora por dois ou três degraus de pedra esbranquiçada, calcário poderia ser, uma meia dúzia de passos e ali estava onde sempre a vi. Hoje percebo que a diferença entre fora e dentro de casa eram esses degraus, que fora e dentro o chão era terra. Pobre, bem pobre, a casa da bisavó continuava a rua, só que dois ou três degraus mais acima.
    Mas a oliveira lá estava, a dar sombra e talvez azeitonas, quando o tempo o determinasse. No quintal estreito, para lá do simples portão de madeira haveria, talvez, mais uma meia dúzia de outras destas árvores espantosas.
    Não conheço troncos como os das oliveiras velhas. Grossos, retorcidos como se cada curva evidenciasse o esforço de ser, cascas enrugadas debaixo das quais não é difícil imaginar uma intrincada rede de vasos por onde correm o xilema e o floema que são o seu sangue, pontilhadas de locas como se cada uma nos mostrasse uma cicatriz de uma longa vida de desafios e resiliência.
    Foi com o meu pai que pela primeira vez me deitei debaixo de uma oliveira velha, no quintal da bisavó. Calados. Ele, não sei bem o que sentia, eu estava a aprender. Olhar para cima e

ver o azul do céu através de uma copa de folhas lanceoladas de um verde-cinza único é sensação que não sei descrever. Sossego, calma, calor, até um certo mistério. Gostava de passear pelo meio dos olivais e, sem saber o que diziam, sempre tive a perceção de que cada um deles falava comigo, que cada oliveira pedia um encosto de mão, uma festa.

Não me lembro de ter visto lagartos verdes nas oliveiras. Nem na Azinhaga nem em outro sítio. Na minha casa há uma oliveira. É nova, não a verei velha. Não tem lagartos. Mas é terreno de lagartixas e poiso de melros pretos.

ESTÁS A APRENDER

Em outubro de 1967, acabei o liceu e entrei para a Faculdade de Ciências. Em novembro de 1967, as cheias do Tejo arrasaram bairros pobres e habitações, em Lisboa e arredores, e mataram um número nunca conhecido de pessoas, mais de 700 com toda a certeza. Em Ciências, como em todas as faculdades de Lisboa, organizaram-se brigadas de estudantes num imenso movimento de solidariedade. Todos os dias íamos, todos os dias vínhamos. E, no dia seguinte, voltávamos. E no outro. E no outro. Não sei quantos dias foram, mas foram muitos. A imprensa começou por noticiar as cheias e as consequências em danos e percas de vidas. Mas bastaram dois ou três dias, para que desaparecesse completamente das páginas dos jornais a dimensão da tragédia. E a seguir desapareceu a tragédia.

Fui para Alenquer. Tive lama até aos joelhos. Lama que nunca mais acabava. Por muito que a tirássemos, parecia estar sempre na mesma. Vi o que nunca tinha visto, vi um corpo no rio que tinha transbordado até à segunda fileira de casas. Ainda hoje sinto o cheiro da lama.

À noite chorava na minha casa, a contar aos meus pais o que tinha visto, o que tinha sentido. E depois a incompreensão por tudo aquilo deixar de ser notícia. Aquelas centenas de vidas não contavam para nada. Sem importância, desaparecidas, inexistentes, como inexistente foi a sepultura de tantas delas.

Naqueles dias, conversámos muito e sobre muitas coisas, *Estás a aprender e a crescer*, disse-me o meu pai. Teve razão.

O VELHO RIO ONDE BRINCÁMOS COM SEIXOS

Tivemos um dia bosques que eram os descendentes continuadores da mais antiga presença da árvore e deixámo-los acabar...

Por isto, ou também por isto, por causa desta entrevista que o meu pai deu há quinze anos à revista Visão, eu não gostaria que do Almonda se viesse a dizer "tivemos um dia um rio que era descendente continuador da água mais antiga que por aqui corria e deixámo-lo acabar". O rio, o velho rio da Azinhaga, está a precisar de ajuda. Os jacintos de água abafam-no. Já não há patos, nem peixes, pouca é a passarada que por ali voa, não há pesca nem rede para se andar de barco, quase não vemos água, limitada a um fio intermitente entre a margem do lado de cá e o manto de jacintos. Também não tem chovido, a pouca água está parada e os jacintos agradecem.

Estar em dezembro na Azinhaga, sentada num banco do passadiço do Almonda ou parada no meio da ponte do Cação, no Rabo dos Cágados, e não ver o rio, entristece. Sem querer, lembro as tantas vezes que por ali andei de barco, as outras tantas que enfiei os pés descalços no lodo do leito, as outras ainda em que fazia toscas construções com seixos e areia, ajudada por pai e mãe, na margem direita, aquela que encosta à Azinhaga.

Hoje, nada disso é possível. Não vi o rio, não vi os seixos e as duas ou três bateiras que por ali havia estavam ressequidas, encostadas e amarradas na margem.

Não quero que os meus netos continuem sem, sequer, perceber por onde corre o rio, sem lá mergulhar, sem – quem sabe – fazer construções com seixos. Não quero que possam dizer *Podias ter tentado alguma coisa e apenas te lamentaste*. Não quero. Por muitas razões em que acredito e que são as minhas, por tudo o que procuro fazer e também porque tenho absolutamente claro o que foi dito naquela entrevista de 2007, a criação de uma consciência ecológica ampla é uma guerra que não podemos perder.

ENTRE O PIJAMA E O VESTIDO

Aí pelos meus dezassete, dezoito anos, já olhava para a sombra, faz parte do processo de crescimento e amadurecimento este começar a preocupar-se com a aparência que nos leva de teenagers a jovens mulheres. Da mesma forma que tinha aprendido algumas coisas até essa idade, também anos mais tarde haveria de perceber o verdadeiro significado da roupa que escolhemos vestir.

Mas (há sempre tantos mas pela vida fora) nos dias de domingo em que por regra não saía, gostava de andar de pijama e robe durante todo dia. Não me apetecia vestir outra coisa. Ficava em casa, para quê ir ao guarda-fato?

Um domingo, como ia sair à tarde, logo a seguir ao almoço depois de me vestir e calçar, fui dar um beijo aos meus pais. Ele olhou para mim com ar de admiração aparente e perguntou porque é que tinha mudado de roupa, Vou ter com os meus amigos e não vou de pijama. Porquê?, perguntou, Ó pai, porque parece mal, tenho de me arranjar, vestir-me como deve ser.

Aprendi, naquele dia, que há palavras que mal acabam de ser ditas nos mordem a língua. Então deixa ver se percebo, para estares com os teus amigos, tens de te vestir como deve ser, para estares com os teus pais, podes andar desmazelada, é isso?

Gaguejei e saí.

Quando voltei, fui pedir desculpa aos dois. Não me tinham largado algumas reflexões: a roupa é, afinal, uma segunda pele, aquela que escolhemos para nos apresentarmos junto dos outros; nem todas as roupas são adequadas para todos os momentos, porque os momentos não são todos iguais, mas chegar a essa conclusão não era coisa difícil; também era óbvio que mudei de roupa para parecer bem, para ser bem acolhida, às tantas, para ouvir algum elogio. Entretanto, pensava que, se os meus amigos tivessem ido a minha casa, eu não os teria recebido em pijama. E nesse caso, havia uma razão nova, o respeito para com eles. Mas, se por respeito mudaria de roupa por eles, como é que era possível que estar com os meus pais não merecesse, desleixadamente, mais que um pijama?

Passaram aí uns sessenta anos e nunca ninguém me apanhou de pijama a seguir ao duche diário!

DO TEMPO DAS AULAS DE RELIGIÃO

Sou de um tempo em que o poder, o Estado Novo, obrigava ao ensino da religião católica nas escolas. A Lição de Salazar 'Deus, Pátria e Família' fazia lei e nas escolas primárias onde andei, em Lisboa e na Parede, a lei cumpria-se. Quando fui para o Liceu havia, sabiam os meus pais, a hipótese de não frequentar as aulas de Religião e Moral. Era preciso que um requerimento, não sei dirigido a quem, tivesse deferimento.

O meu pai fê-lo e foi deferido, eu estava dispensada de frequentar essas aulas semanais. O que me pareceu normal, em casa não éramos religiosos, tornou-se num processo difícil de ser ultrapassado por uma miúda com pouco mais de uma dezena de anos feitos. É que toda a gente ficou a saber que eu era a única que ficava sozinha no pátio do recreio. Todo o Liceu soube que havia uma aluna que não ia às aulas de Moral. Todo o Liceu ficou a saber que havia uma aluna diferente. E ser diferente custa, aos onze, doze, treze anos, ser diferente custa muito. E não se entende por que não podemos ser como somos. E não nos sentimos à vontade, quando nos apontam o dedo. E queremos desaparecer, quando a empregada se aproxima a perguntar o que fazemos ali.

Sei que acabei por levar esta ansiedade e este medo para casa. Sei que os meus pais vieram falar com o reitor (não havia conselho diretivo, havia o reitor). Sei que depois, em casa, eles falaram comigo. E sei, também, do que não me esqueci nunca. Está a ser difícil. Vai ser difícil. Estamos aqui, contigo. Quando fores mais crescida, fazes o que quiseres, vais às aulas, à missa, até podes batizar-te. Mas porque tu queres. Foi mais ou menos isto o que me disse o meu pai.

Aguentei, cresci e continuei a fazer a mesma coisa, com uma pequena diferença. Levava um livro para ler no pátio, durante o tempo que demorava a aula de Moral.

DE COMO NUM INSTANTE RECUAMOS SESSENTA ANOS

Nunca mais tinha passado na Azinhaga. Devem ter passado cerca de sessenta anos desde a última vez que a casa da avó Zefa nos recebeu para o Natal. Depois, a avó foi para o Porto onde morreu. A casa foi fechada. Quem ficou com ela, destruiu-a. Provavelmente não se orgulhava dela, desprezava-a. Ou quis mostrar que, com o dinheiro que tinha, faria melhor. Não fez! Fez uma jóia de exibicionismo, apenas, e já agora de mau gosto.

Já não tenho nada a ver com aquele local, mas dói-me. Dói-me não ver o quintal, o rudimentar estendal da roupa. Dói-me não ver uma reconstrução que honrasse os degraus da casa que davam para a porta por onde entrávamos para o quarto de fora, as paredes sem janelas, a oliveira, a avó, a quem nunca chamei bisavó. Era a avó Zefa e estava tudo dito.

Passei os dias deste Natal com uma certa inquietação, emocionalmente dividida entre o lugar, da casa da filha recuperada de um velho lagar onde se fazia azeite – do tempo em que as velhas oliveiras centenárias inundavam os campos em volta da aldeia – e a memória, tão epidermicamente presente, da casa de terra batida do Largo das Divisões.

Lembrava-me de em tempos ter lido alguma coisa do meu pai sobre estar e recordar. Quando regressei a casa, fui procurar e encontrei.

É isto, tão simplesmente, é isto. E é tanto isto que, quando me perguntaram na Azinhaga o que escreveria, se pudesse enviar um sms ao meu pai, respondi: Estive em casa da avó Zefa.

Sei que ele perceberia.

SOBRE A FELICIDADE E O ORGULHO

    O lugar é Lanzarote. O tempo é o Natal do ano de 2003.

    Mesmo que não soubesse que o meu pai estava a escrever num romance novo, o ritmo e a disciplina horária com que subia ao seu escritório eram sinónimo de mais um livro. Num final de manhã, ao descer a escada com um molho de folhas A4 na mão, vinha sorridente e com ar de quem se sentia bem com o trabalho que tinha terminado. Chegou ao pé de mim e disse-me, Toma, acabei-o agora, é o Ensaio sobre a lucidez.

    Fiquei atordoada. Tinha as folhas nas mãos e não sabia o que lhes fazer. Era a primeira pessoa a quem o meu pai entregava o livro acabado, não digo que até então ninguém tivesse lido nada, mas eu estava ali, eu estava a ser a primeira pessoa a receber o livro completo. Fui-me sentar num cadeirão a ler e, durante dois ou três dias, não fiz mais nada.

    Nesses dias que passei em Lanzarote, ainda o li mais uma vez. E de ambas só fui capaz de dizer ao meu pai muito pouca coisa, porque, muitas vezes acontecia, não eram precisas palavras.

    Na altura da apresentação deste livro no Porto, em março do ano seguinte, ele disse estar convencido que as pessoas querem compreender o sistema onde estão. As pessoas querem dar uso à cabeça. Esta sociedade precisa de cidadãos que pensem e ajam em consciência. E chama-nos, a todos, a este trabalho de pensar e agir através da pequena, mas tão significativa, epígrafe deste romance forte, deste grito cívico (mais um), desta ficção ainda hoje demasiado atual: Uivemos, disse o cão.

Fiquei particularmente feliz nesse Natal e orgulhosa até hoje. Ao receber das mãos dele o livro acabado muito pouco tempo antes, recebi, ao mesmo tempo, um enorme testemunho de consideração.

II

E DE LIVROS TAMBÉM

MERGULHOS

Se é verdade que de memórias nos fazemos, também nos fazemos dos livros que vamos lendo ao passar dos anos, sendo certo que o que lemos num livro tem muito que ver com o que lá somos capazes de ler.

Não há leitores iguais, como não há leituras iguais. E as várias leituras feitas pela mesma pessoa são como paisagens que observamos por diversas vezes, encontrando sempre coisas novas. E tal como há paisagens que me agarram ou me emudecem, também acontece que, por uma razão ou por outra, há livros que me chamam mais a atenção ou, tão simplesmente, sobre os quais preciso de estruturar a leitura, tomar notas, arrumar ideias para compreender.

Podem nem ser os livros de que gosto mais, que me estão mais próximos – e já disse várias vezes que o Ensaio sobre a cegueira é o meu livro de cabeceira – mas são certamente livros aos quais precisei de dedicar mais tempo, mais atenção, mergulhar mais fundo. E por isso são sempre livros que também me formam de um modo particular.

Alguns desses mergulhos aqui ficam, na absoluta certeza de que não são escritos teóricos nem se encontrarão reflexões sobre literatura, processos linguísticos, estilos. E como há muito tempo aprendi que só devemos falar do que sentimos, do que sabemos, do que nos toca, o que aqui fica é só resultado do que a bióloga, que é também a filha, é capaz de ler, refletir e dizer do que leu.

Possam eles (os mergulhos) despertar curiosidade, aliciar para mais leituras, permitir descobertas, quem sabe levando a outras interpretações.

Possam os mergulhos criar novos leitores da obra do escritor e novos descobridores do homem.

O ANO DA MORTE DE RICARDO REIS

Este livro começa em dezembro de 1935 com a chegada de Ricardo Reis a Portugal. Vindo do Brasil, para onde emigrara em 1919, este médico monárquico nascido no Porto a 19 de setembro de 1887 é bucólico, conformista, sóbrio, contido nas suas paixões. Também escreve poemas de índole pagã – Odes – e procura distanciar-se dos conflitos e dos sucessivos episódios que hão de revelar, ao longo de todo o romance, um ano especialmente importante para a consolidação da ditadura de Salazar. Acolhe-se a um alheamento voluntário, ainda que percecionando os fenómenos, pois é um poeta, e um poeta é capaz de sentir a inquietação que há nestas águas.

No dia seguinte, dirá que sábio é o que se contenta com o espetáculo do mundo. E talvez seja essa sabedoria que o fará retirar-se do mundo e da vida, acompanhando Fernando Pessoa. Pessoa que, entretanto, desenvolve ao longo de todo o romance sucessivas conversas com a sua criatura, procurando, ainda que sem sucesso, chamá-la à razão e fazê-la atender e entender o mundo em que vive.

Situar este livro no tempo e no espaço é, creio, condição primeira para o decifrar e também para melhor explicar os dois aspetos que mais me despertaram a atenção.

O tempo é o ano de 1936.

Salazar celebra com um discurso inflamado os 10 anos do golpe militar de 28 de Maio de 1926 e o subsequente Estado Novo ou, de outro modo chamada, a Ditadura Nacional.

É também o ano da constituição da Legião Portuguesa, milícia dita popular que apoiará o Estado Novo e se situará ao lado de diversas forças fascistas na Europa. Ricardo Reis assiste ao comício, no Campo Pequeno, de apoio à formação do corpo paramilitar. Dessa manifestação salazarista, Lisboa parece ausente, como comprova Reis, que, atravessando a cidade até ao Alto de Santa Catarina onde mora, constata que não há vestígios da patriótica jornada.

Mais tarde, ao falar com Lídia sobre a chamada Revolta dos Marinheiros, que acontece em Lisboa a 8 de setembro e em que estiveram envolvidas as embarcações 'Bartolomeu Perestrelo', 'Dão' e 'Afonso de Albuquerque', Ricardo Reis há de referir a Revolta do Leite que acontecera na Madeira, no verão desse ano – em consequência da monopolização do fabrico da manteiga, deu-se uma profunda alteração do processo de recolha do leite que atingiu essencialmente os pequenos produtores, revolta na qual as mulheres mostraram uma combatividade exemplar que haveria de levar muitas à prisão. Um exemplo de mais uma situação de conflito social que, como muitos outros naquela altura, terminaram com a derrota dos revoltosos.

Por uma grande coincidência, o 'Bartolomeu Perestrelo', onde era marinheiro o irmão de Lídia, tinha sido um dos navios enviados por Salazar para conter a revolta na Madeira.

1936 é também o ano em que começa a Guerra Civil Espanhola que haveria de levar ao poder o ditador Franco. Numa sintomática e frequente antecipação/repetição da história, Franco recebe a certa altura a comunicação de um grupo de financeiros norte-americanos, prontos a conceder os fundos necessários à revolução nacionalista espanhola. Na Europa, como se percebe, prepara-se a II Grande Guerra.

O espaço é a Lisboa de 1936.

Lisboa, triste, silenciosa, de céu chuvoso, é uma cidade sofrida com este mau tempo que não há meio de despegar, dia e noite, e não dá descanso a lavradores e outros agrícolas, com inundações que são as piores desde há quarenta anos, dizem-no os registos e a memória dos velhos – o que, em certa medida, parece uma metáfora para outro tempo mau que estava a invadir a cidade e o país.

Aliás, é elucidativa a observação de Ricardo Reis ao desembarcar, acabado de chegar do Brasil, dezasseis anos depois de ter partido, alguém transporta ao colo uma criança que, pelo silêncio, deve ser portuguesa.

O livro cresce neste clima de silêncios, de medos e de ostracismos, de desconfiança e individualismos, alimentados pela ideologia do Estado Novo.

Quando ao princípio da noite Ricardo Reis descer para jantar... verá como o vão olhar os empregados, como subtilmente se afastarão dele. Tinha recebido uma contrafé para ir à PVDE. Desconhecia-se para quê (só ele próprio sabia que tinha ido para o Brasil por motivos políticos), mas palpites não faltavam.

Para falar francamente, não me surpreendem. Sempre achei que havia ali um mistério qualquer, haveria de comentar o notário dr. Sampaio para Marcenda, sua filha.

Há sossego nas ruas... O Governo da Ditadura Nacional pôs o país a trabalhar... Há patriotismo, dedicação ao bem comum, tudo se faz pela Nação, diz o doutor-adjunto que interroga Ricardo Reis na PVDE e que não se escusa de continuar, Em Portugal tão cedo não haverá revoluções, a última foi há dois anos e acabou muito mal para quem se meteu nela, numa alusão clara ao clima de intimidação e repressão que se tinha instalado, a partir da frustrada Revolta da Marinha Grande.

Mas havia convulsões, sabia-se. E revoltas como a dos Marinheiros, em setembro, na véspera da qual, e creio que, por uma vez em todo o livro, a tarde está muito bonita! Mais tarde, assimilando a derrota dos revoltosos, ficaremos a saber que no meio de um silêncio absoluto, a cidade parara, ou passava em bicos de pés, com o dedo indicador sobre os lábios fechados.

As metáforas, sempre presentes. Neste livro de 1984, que nos transporta para a situação no país no ano de 1936, essas metáforas têm, para mim, uma inequívoca marca política.

Disse lá atrás que houve dois aspetos que me despertaram particular atenção.

– O primeiro, os 9 meses de sobrevida de Pessoa.

Assinala-se aqui uma certa dualidade. Antes de nascermos, ainda não nos podem ver mas todos os dias pensam em nós, depois de morrer deixam de poder ver-nos e todos os dias nos vão esquecendo um pouco, salvo nos casos excecionais, nove meses é quanto basta para o total olvido.

Mas sendo também o tempo de uma gestação, ao fim da qual deve nascer uma nova vida, este tempo de nove meses pode apontar a possibilidade de escolha entre memória e presença, entre passado e futuro, entre o que já não é e o que há de ser. Ou talvez este fosse o tempo de que Fernando Pessoa precisava para tentar dar a Ricardo Reis uma oportunidade para viver...

Todos os diálogos entre Fernando Pessoa e Ricardo Reis são extraordinários, mas retenho um, porque não creio que seja possível ignorar, o desafio que Pessoa lança a Reis quando este confessa que vai ser pai. Em todo o caso seria para si uma excelente oportunidade fazer vida nova, com mulher e filho, Não penso casar com a Lídia, e ainda não sei se virei a perfilhar a criança, meu querido Reis, se me permite uma opinião, isso é uma safadice.

De forma muito clara, neste interminável jogo de heterónimos, os princípios éticos de Pessoa confrontam-se com a falta de caráter de Reis.

– O segundo, as mulheres, Marcenda e Lídia.

Marcenda é, de certo modo, a versão no feminino de Ricardo Reis, contida, resignada, obediente, meu pai continua a dizer que devo ir a Fátima e eu vou, só para lhe dar gosto. Construiu o seu mundo, marcado pela situação física e de certo modo fecha-se nele. Apaixona-se, mas recusa o pedido de casamento de Ricardo Reis numa triste carta de despedida não lhe digo que se esqueça de mim, pelo contrário, peço-lhe que se lembre todos os dias, mas não me escreva, nunca mais irei à posta-restante. Percebe-se a incapacidade em assumir qualquer confronto.

Lídia, ao contrário, enfrenta o quotidiano, a vida real, as verdades são muitas e estão umas contra as outras, enquanto não lutarem não se saberá onde está a mentira.

Não se conforma e faz perguntas, quer saber do mundo e das coisas e haverá de surpreender Ricardo Reis, singular rapariga esta Lídia, diz as coisas mais simples e parece que as diz como se apenas mostrasse a pele doutras palavras profundas que não pode ou não quer pronunciar.

No fim, aí fica Lídia, grávida, decidida e responsável, Vou deixar vir o menino... Se não quiser perfilhar o menino, não faz mal, fica sendo filho de pai incógnito, como eu. Lídia, a recusar seguir Ricardo Reis para a morte. A escolher outro caminho, o da vida. E, nesta, com uma opção clara quando, a propósito do possível futuro do filho nas juventudes do Estado Novo, dissera a Ricardo Reis, Filho meu,..., não entra em semelhantes comédias. Lídia, que não se encontra nas páginas finais do romance, que desaparece ainda antes da revolta e da morte do irmão, mas de cuja força e determinação o narrador parece servir-se para evocar a esperança, o futuro, a página branca onde se pode escrever. Lídia desceu a escada, contra o costume foi Ricardo Reis ao patamar, ela olhou para cima, ele fez-lhe um gesto de aceno, ambos sorriram, há momentos perfeitos na vida, foi este um deles, como uma página que estava escrita e aparece branca outra vez.

    Este é um livro que me impressiona sempre. Pela ambivalência Fernando Pessoa/Ricardo Reis, pelas mulheres, mas também, muito, pelo retrato daquele Portugal.

TODOS OS NOMES

    Quando acabei de ler Todos os Nomes, liguei ao meu pai e disse-lhe, Isto não é um romance policial com cheiro a crisântemo, pois não? Disparate!, trouxeram-me as ondas sonoras através do éter.
    Acabámos o telefonema e, algum tempo depois, voltei à leitura. Claro que este livro não é um policial. É sobre vida, procura, decisão, construção, sentido.
    No percurso de uma vida triste, desinteressante, alimentada com notoriedades de outros, aparece ao senhor José uma razão de viver, um objetivo. E ele vai, a medo a princípio, mas vai, porque pela primeira vez quer. Uma interrogação, uma dúvida, um amor, uma obsessão, seja o que for, pela primeira vez depois de muita espera e inquietação, ele quer, percebeu que tinha tomado uma decisão, não era somente seguir uma ideia fixa como de costume, tratava-se realmente de uma decisão, embora ele não soubesse explicar como a tomara.
    Além deste evoluir da vida do senhor José, há no romance um personagem que me atrai, a senhora do rés do chão direito, que só na aparência me parece parte secundária nesta trama — lúcida, direta, capaz de, por um simples beijo na mão do senhor José, o fazer reconhecer que esse gesto tornou a mão diferente, embora não seja

capaz de dizer em que consiste a diferença, deve ser coisa de dentro, não de fora.

A certa altura, o narrador desaparece e é substituído pelo senhor José e pela velha senhora do rés do chão direito como se o senhor José deixasse de hesitar e assumisse uma decisão, dispensasse interposta pessoa – o narrador – para comunicar, porque o que quer afirmar, e confessar, tem que ser dito por ele mesmo. Ele, que toda a vida se desvalorizou, se ignorou, se omitiu, se escondeu, ele que tinha ouvido do teto de estuque da sua casa que a pele é tudo quanto queremos que os outros vejam de nós, por baixo dela nem nós próprios sabemos quem somos. É como se o senhor José, que viemos a acompanhar ao longo do romance, nos deixasse assistir à sua metamorfose, que o senhor José que começa o livro não é o mesmo que o acaba. Este, o que acaba, vai tomar uma decisão que, além de modificar o presente de um personagem, a mulher desconhecida, poderá estabelecer o futuro de uma diferente relação entre a vida e a morte que não faça, da ausência, razão direta para o esquecimento (como já tinha compreendido o chefe da Conservatória Geral do Registo Civil, se os mortos não estiverem no meio dos vivos acabarão mais tarde ou mais cedo por ser esquecidos). O outro, o que começou o romance, era homem indeciso, insignificante, obediente, ou como diz o narrador, um homem que quer e não quer, deseja e teme o que deseja, toda a sua vida tem sido assim. Todos os Nomes, volta não volta, faz-me lembrar do senhor José. Daquele que quer e não quer. Daquele que escreveu o que o outro José quer e não quer. Concluo sempre que podemos querer ou não querer, essa é uma nossa decisão.

E por isso, ou para isso, há o fio de Ariadne que percorre todo o romance.

MEMORIAL DO CONVENTO

Do Memorial já se disse provavelmente quase tudo.

A certa altura da leitura, deste que é um livro complexo, cheio, pesado, comecei a tentar imaginar a quantidade de trabalho de investigação para o escrever.

Um livro onde a história real – a construção do convento – corre a par com uma mulher inventada – Blimunda – que tem poderes que os outros não têm. Onde um convento fica preso pelas fundações à terra sobre a qual foi construído e uma passarola voaria pelos ares, não fosse ter sido destruída. Onde um homem, Baltazar, e uma mulher, Blimunda, têm relação tão intensa, cúmplice e rebelde, que só por eles não teria sido difícil construir uma extraordinária história de amor, mas este não é um romance de amor, ou não é só um romance de amor.

Um livro desse país do século XVIII onde há luta permanente, entre uma imensa população ignorante, cheia de crendice, de medo, e o absolutismo da realeza e o influente clero – como dirá o patriarca na procissão da quaresma. Desde sempre se sabe que nenhuma religião vingará sem mitra, tiara ou chapéu de coco – onde sobressai a sinistra e poderosa presença da Inquisição que condena milhares de pessoas ao degredo, ao açoite e à fogueira por razões, se não simples suspeitas, religiosas ou nem tanto. Tão poderosa que, como reconhecerá Bartolomeu de Gusmão ao confessar a Blimunda que teme a reação da Inquisição quando ele e o projeto da passarola começam a ser olhados com desconfiança, El-rei, sendo caso duvidoso, só fará o que o Santo Ofício lhe dirá que faça.

Um livro onde, em vez da história dos grandes feitos sempre narrada na primeira pessoa, no caso D. João V, é a história de quem realmente realiza e sofre que tem chamada a primeiro plano. Baltazar, que por ter ficado sem uma mão por artes de uma guerra em que se haveria de decidir quem viria a sentar-se no trono de Espanha, se um Carlos austríaco ou um Filipe francês, português nenhum, é desumanamente abandonado pelo exército e haverá de ser ajudante de construtor da passarola, revelando uma crescente consciência do valor dos dogmas e dos sonhos; ou os milhares de homens que, sujeitos a condições de indescritível violência são os verdadeiros construtores do convento, tanto que, se estes homens e estes bois não fizerem a força necessária, todo o poder de el-rei será vento, pó e coisa nenhuma.

No fundo, creio que há um certo paralelismo entre a mãe da pedra transportada de Porto de Mós para Mafra (trinta e uma toneladas a exigir o esforço de 200 juntas de bois e 600 homens) e a Inquisição: ambas oprimem, esmagam e matam.

Um livro onde, uma vez mais, se confrontam dois modelos de mulher. Maria Ana, rainha, paciente e humilde, desamada e submissa às vontades do rei, instrumento de procriação, procura redenção na oração e na súplica ao menos um filho, Senhor, ao menos um filho. E Blimunda, mulher jovem do povo, que se sente em condição de igualdade para com o seu amor e o defende sem hesitação; com poderes, inquieta, corajosa, intuitiva, compreende melhor o mundo, vê por dentro e recolhe as vontades que todas juntas irão ajudar ao sonho da construção e do voo da passarola, símbolo do progresso, da modernidade, da ciência, do sonho, afinal as vontades que o Padre Bartolomeu de Gusmão queria concretizar com ela e com Baltazar. A mesma Blimunda que, quando Baltazar desaparece, o procura nove anos sem parar, percorrendo o país e falando com muita gente,... a conversar com as mulheres do lugar, ouvia-lhes as lamentações, os ais, menos vezes as alegrias, por serem poucas, por as guardar quem as sentia... Por onde passava ficava um fermento de desassossego...

Um livro que começa em 1711 com a informação de que D. João V irá ao quarto de sua mulher D. Maria Ana Josefa para mais uma tentativa de conceber um herdeiro, e acaba em 1731, em mais um auto de fé no Rossio, onde Baltazar Sete-Sóis morrerá queimado. Poder-se-á dizer que começa com um projeto de vida e acaba com a certeza da morte. Tenho o sentimento de que se aproxima mais destas palavras em que penso tantas vezes. Além da conversa das mulheres, são os sonhos que seguram o mundo na sua órbita. Mas são também os sonhos que lhe fazem uma coroa de luas, por isso o céu é o resplendor que há dentro da cabeça dos homens, se não é a cabeça dos homens o próprio e único céu.

    Será uma questão de perspetiva. E de vontades.

O ANO DE 1993

Quando arrumava A Caverna, depois de sobre ela ter escrito, dei de caras com O ano de 1993, lembrei- me da primeira vez que o li em 1987 e de, então, ter pensado que 1993 não estava muito longe.

Este misto de poesia e prosa, que o meu pai enuncia na dedicatória, que me fez como pesadelo adiado, deixou-me e deixa-me sempre impressionada. Com a sua capacidade de análise e pensamento. Com a intensidade e proximidade desta narrativa. Com a atualidade de tanto do que está escrito.

A ocupação que reduz o ser humano a um número,
Quando os habitantes da cidade se tinham já habituado ao domínio do ocupante
Determinou o ordenador que todos fossem numerados na testa, como no braço se fizera cinquenta anos antes em Auschwitz e outros lugares

A opressão que se alimenta da desesperança,
Os habitantes da cidade doente de peste estão reunidos na praça grande
(...)

É então que os homens e as mulheres sem esperança se deixam cair no pavimento estalado da praça

A tecnologia como instrumento de vigilância,

As pessoas que moravam na periferia da cidade e por isso podiam ver o nascer do sol

(...)

Só essas pessoas assistiram ao primeiro aparecimento do grande olho que iria passar a vigiar a cidade

Os direitos que simplesmente desaparecem,

Todas as calamidades haviam caído já sobre a tribo ao ponto de se falar da morte com esperança

Um pouco mais e o suicídio coletivo seria votado e decidido.

E mesmo quando parece que a ordem das coisas se alterou, porque

O dia amanheceu numa terra livre por onde corriam soltos e claros os rios e onde as montanhas azuis mal repousavam sobre as planícies

Ainda assim, nada é definitivo,

Uma vez mais o infinito combate as batalhas aquelas que se ganharam e essas outras humildes perdidas e de que não se quer falar.

Este é um livro de que não se fala muito, mas são poucos os textos que me impressionaram tanto. Poucos me deixaram marcas tão fortes e que lembro tanto. Passaram quarenta e sete anos sobre a sua publicação, em 1975. Estamos em 2022 e, dramaticamente, parece ter sido escrito ontem.

A JANGADA DE PEDRA

Cada um vê o mundo com os olhos que tem, e os olhos veem o que querem, disse Pedro Orce a certa altura de A Jangada de Pedra. Para além da conhecida metáfora de uma separação física da Europa e do seu significado do ponto de vista da política europeia, para além de diversos episódios simbólicos onde se poderia procurar justificação, ou explicação, para o afastamento, fica-me uma dúvida nesta Jangada. É como se, no mesmo tempo, a península queira e não queira, separa-se na parte superficial, de maior impacto visual, mas no subsolo fenómenos inexplicáveis deixam-na presa ao continente, prova disso é que, a plataforma continental foi minuciosamente examinada, sem resultado e nas profundidades oceânicas tão pouco as observações são conclusivas, pois as longas vertentes, as escarpas declivosas, os precipícios verticais, exibiam-se na sua soturna majestade, sem qualquer fenda que viria a explicar o fenómeno. Como se à península mais importe um atempado alerta para os grandes problemas da unidade e coesão europeia, do respeito dos povos uns pelos outros. Significativamente divergindo, mas ainda assim deixando um lastro que poderá vir a possibilitar o cimento de uma convergência. No futuro.

Publicado em 1986, não serão inocentes as deferências manifestadas no discurso do primeiro ministro, Uma palavra de reconhecimento é devida ao espírito humanitário e ao realismo político dos Estados Unidos da América, nem os apelos patrióticos, A nós, que conservamos a serenidade dos fortes e dos justos, o mesmo será dizer que aos portugueses, muito próximos do 'orgulhosamente sós' caberá como em outras ocasiões históricas, cerrar fileiras em torno dos seus representantes legítimos e do símbolo sagrado da pátria. Oferecendo ao mundo a imagem de um povo coeso e determinado, num momento particularmente difícil da sua história, viva Portugal. Tudo isto, da boca de um primeiro ministro nascituro de Boliqueime, faz-me lembrar o ditador do Estado Novo, talvez porque as diferenças entre ambos não sejam demasiadas.

 E há um cão, mais um cão especial (seja Piloto, Fiel, Anjo-da-guarda, Fronteiro, Combatente, tantos os nomes possíveis) que nome lhe terão dado, mais tarde ou mais cedo, é inevitável, vamos sempre à questão dos nomes. Um cão que, sendo Ardent, foi transitoriamente Constante antes de voltar a ser quem era, um cão que traz na boca um misterioso fio azul que, direta ou indiretamente, liga os homens a uma nuvem azul, de uma cor azul que se tornava densa e quase negra no centro. Se deixo a porta aberta, há sempre pontas que saem, como ainda agora aquela que subiu à estrada e o trouxe aqui. Quando morreu Pedro Orce, uma nuvem cinzenta, cor de chumbo, passava no céu, devagar, muito devagar, talvez porque fosse só nessa altura que a nuvem (ou a vontade) lhe abandona o corpo.

As primeiras linhas deste livro dizem-nos dos poderes de uma vara de negrilho na mão de uma mulher dos Olhos Não Sei Bem que faz no chão um risco que nunca se apaga. Depois de mais de trezentas páginas de leitura intensa, chega-se às últimas linhas onde haveremos de ficar a saber que a vara de negrilho perdeu poderes, que a península parou e que os homens e as mulheres, estes, seguirão o seu caminho, que futuro, que tempo, que destino. A vara de negrilho está verde, talvez floresça no ano que vem, a deixar em aberto a possibilidade de outros momentos por caminhos diferentes e melhores no futuro. Ou não fosse ele, o futuro, o lugar único onde se podem emendar erros.

Sem quaisquer pretensões, esta é também a minha Jangada, uma jangada de procura, de afirmação, de construção. Talvez seja dos meus olhos, ou talvez seja, apenas, o que eles são capazes de ver.

A CAVERNA

Este é, já o disse, um livro em que revejo muita da minha relação com o meu pai, Marçal não perguntou. Obrigado porquê, aprendera há muito tempo que o território em que se moviam aquele pai e aquela filha, mais do que apenas familiarmente particular, era de algum modo sagrado e inacessível.

A Caverna é, sabe-se, um romance em que se recoloca a alegoria da caverna de Platão e se põem em causa novas relações de produção da economia, a alienação por um tipo de estrutura e organização social, o reconhecimento do Centro como entidade autónoma, poderosa e soberana sobre todas as coisas, o que deixou de ter serventia deita-se fora. Incluindo as pessoas, exactamente, incluindo as pessoas, eu próprio serei atirado fora quando já não servir, o senhor é um chefe, sou um chefe, de facto, mas só para aqueles que estão abaixo de mim, acima há outros juízes, o Centro não é um tribunal, engana-se, é um tribunal, e não conheço outro mais implacável, foi esta a clarificação feita a Cipriano Algor por um chefe de departamento. E talvez seja ela, a clarificação, que ajuda a explicar uma pequena frase de Marçal, guarda no Centro, A mim não me conhecem nem os cães.

Há ainda várias outras reflexões que este livro me coloca e que estão num outro patamar, nem mais alto nem mais baixo, só outro. Desde logo a Cintura Verde, designação de pretensa preocupação ambiental que não apaga a fagia do Centro, a absorção sucessiva de espaços cada vez mais alargados, empurrando para periferias sempre mais miseráveis as barracas, a Cintura Industrial, a que antecede a Verde, a que, dessa cor, terá as poucas ervas que talvez consigam sobreviver fora do plástico de centenas de estufas, cinzentas, sujas. Verde, como lhe continuam a chamar as pessoas que adoram disfarçar com palavras a áspera realidade, esta cor de gelo sujo que cobre o chão, este interminável mar de plástico onde as estufas, talhadas pela mesma medida, se assemelham a icebergs petrificados, enquanto dentro, como escravos que talvez nem saibam do poder do Centro, os homens que ali trabalham asfixiam-se no calor, cozem-se no seu próprio suor, desfalecem, são como trapos encharcados e torcidos por mãos violentas.

Há um cão, mas dele já falei lá atrás. É o Achado, o cão que foi achado ou, sabe-se lá, o cão que, na raça dos cães, é um achado, de tão implicado que está na relação com Cipriano Algor, que um cão sabe menos de si próprio do que do dono que tem. E do seu dono diria o cão Achado se falasse, Mesmo que fosses o mais feio dos homens, (...), a tua fealdade não teria nenhum sentido para mim, só te estranharia realmente se passasses a ter outro cheiro ou passasses doutra maneira a mão pela minha cabeça.

A mesma cabeça que, a Marta, como se emergisse do fundo de uma água turva, apareceu-lhe na sua inteira beleza e força, no seu mistério e na sua interrogação, essa cabeça que vai sendo, pouco a pouco, desenhada pela mão de Marta, com o carvão agarrado pelos seus dedos e se é sabido que o que os dedos sempre souberam fazer de melhor foi precisamente revelar o oculto, ou não houvesse um pequeno cérebro em cada um dos dedos da mão, também sabido é, que o cérebro da cabeça imediatamente se perde, perplexo, duvidoso, quando tenta formar palavras que possam servir de rótulos ou dísticos explicativos de algo que toca o inefável, de algo que roça o indizível, aquela cor ainda de todo não nascida que, com o assentimento, a cumplicidade, e não raro a surpresa dos próprios olhos, as mãos e os dedos vão criando..., porque só com esse saber infinito dos dedos se poderá alguma vez pintar a infinita tela dos sonhos.

E, por fim, ficam as linhas que em muito sintetizam estas reflexões o pai passou-lhe devagar a mão pelos cabelos, disse, Deixa lá, o tempo é um mestre-de-cerimónias que sempre acaba por nos pôr no lugar que nos compete, vamos avançando, parando e recuando às ordens dele, o nosso erro é imaginar que podemos trocar-lhe as voltas.

Eu comecei por dizer que este é um livro em que revejo muito da ligação com o meu pai...

VIDA

É certo que, quando escrevemos, arrumamos ideias, obrigamo-nos a torná-las percetíveis, num esforço para encontrar as palavras certas, as que queremos escrever. Depois de escritas, tornam-se mais duradouras que as palavras ditas, dão-nos licença para olhar para elas com mais atenção, reencontrá-las em leituras sucessivas. Foi um pouco de tudo isto o que aconteceu com estes e outros livros do meu pai. Encontrei personagens, situações, figuras, alusões, que parecem migrar de uns livros para outros, umas quantas, apenas, aqui em registo

• o fio de Ariadne, presente em Todos os nomes e A Jangada de pedra

• o mau tempo, citado em O ano da morte de Ricardo Reis, anteriormente já chamado ao Memorial do Convento e Levantado do Chão

• o ser e não ser de A Caverna e o querer e não querer de Todos os nomes

• a questão do nome que cada um tem também tem presença em Todos os nomes e A Caverna

• o hotel Bragança, já aparecido em O ano da morte de Ricardo Reis, reaparece na Jangada

• capazes de lamber as lágrimas, aí temos o Cão das Lágrimas do Memorial do Convento e o Achado de A Caverna

- a lógica e o sentido do mundo questionados em Todos os nomes e na Jangada de pedra
- os olhos de Blimunda, que tem os que tudo são capazes de ver, e Joana Carda que tem uns Olhos Não Sei Bem
- o cão Constante divide-se entre Levantado do Chão e a Jangada de pedra
- o mesmo Constante que em Levantado do Chão dá os "saltos e corridas da sua condição", enquanto o cão Achado se expressa nos "saltos e latidos da sua condição" na Caverna.

Sei que a isto se dá o nome de intertextualidade, mas, como eu sou bióloga, leio com pressupostos um pouco diferentes. É como se cada livro fosse, no fundo, uma pequena comunidade, interrelacionada com outras em ecossistemas cada vez mais complexos, sucessivos capítulos de um sistema imenso que dá pelo nome de O livro da Vida. Ou, ainda mais simples, Vida.

III

EMPURRÕES

Sou filha de gente grande. Entre o orgulho que tenho no que eles foram e o medo de eu falhar, tive de aprender a ser eu, para além de ser filha de gente grande. E sempre gostei, e também precisei, de os ouvir.

Não segui curso de Letras nem me eram reconhecidos méritos no lápis ou no pincel e tinha já vivido mais de quarenta anos, quando comecei a fazer mais alguma coisa, para além da biologia e da participação política.

Da minha mãe ainda tive o privilégio do empurrão de quem sabia da arte das artes plásticas, mas não cheguei a tempo de lhe poder entregar escritos ou livros.

Ao meu pai sim, ao meu pai enviei um retrato que fiz dele e o primeiro livro que escrevi depois de uma situação de doença grave por que passei. E foi dele que, em 1993 e 2012, pude receber dois empurrões.

Escritos, como ele sabia.

Escritos, porque escrevendo diz-se mais e melhor.

Tias, 17 de Fevereiro de 1993.

Violante:

  Pois não sabia, não senhora, desse seu talento. Mesmo sendo o trabalho cópia doutro retrato, o que conta é o exacto sentido da proporção, o domínio da luz e da sombra, a firmeza do pulso e dos dedos, sobretudo tratando-se duma técnica que não admite erros. Bem certo é o que se diz: que vamos vivendo, e aprendendo. Nos teus tempos de menina, que eu me lembre, não manifestavas particular habilidade para o desenho: como e quando nasceu e se formou essa inclinação? E que tencionas fazer dela no futuro, tendo em conta que já não é apenas inclinação, mas verdadeira capacidade?
  Enfim, agradeço o meu retrato (do qual a Pilar se apoderou imediatamente), e agradeço a leitura que fizeste da entrevista, o impulso que te levou a pegar nas duas penas, a que desenhou e a que escreveu. Se tu te comoveste, eu não me comovi menos, e no momento em que lia a tua carta, o que mais desejei foi poder apertar-te nos meus braços. Espero que, se não puder ser antes, possa fazê-lo no Natal.
  Quanto à tua relação de trabalho, deixa os aborrecimentos e as frustrações à porta do laboratório, como se limpasses os sapatos de sujidades piores que as da rua. E pensa que, em todas as circunstâncias, só há uma estaca sólida a que podemos amparar-nos: a coerência. A primeira pessoa a quem temos de respeitar é a nós próprios. Podemos errar, podemos equivocar-nos, mas se o procedimento é em linha recta, se vai na direcção que a nossa dignidade traçou, então estamos livres do pior que poderia acontecer: envergonhar-nos da cara que levamos em cima dos ombros.
  Dá-me notícias que não sejam só as das chamadas telefónicas. Escrevendo diz-se mais e melhor.
  Tens abaixo a direcção e o número do telefone. Quando receberes esta carta, provavelmente já estará instalado. Mas não ligues porque amanhã vamos para Sevilha e depois para Málaga. E depois para Itália, por causa do lançamento do <u>Evangelho</u> lá. Estaremos de volta talvez antes de 10 de Março. Ligarei para aí quando chegar.

"A Casa"
Los Topes, 3
35572 TIAS
LANZAROTE (Canarias)

Telefone (34-28) 510299

Janeiro de 2010

Já li. Só duas palavras: muito bem. E algumas mais: a franqueza, a clareza, aquela força que nos permite fugir da obsessão do eu. Só terás que cuidar um pouco mais do estilo, que, aliás, tem coisas interessantes.
Em suma, estou contente.
Beijo grande,
Pai

Janeiro de 2010

Trata-se palavras, de expressões que a um ouvido sensível aparecem como pequenas agressões ao contexto. Tens de ser tu a reconhecê-las, não eu a apontá-las. Sabes que não gosto nada de dar sentenças. E até pode ser que eu não tenha razão. Em todo o caso, se, numa leitura mais atenta ao como se diz do que ao que se diz, não sentires que tropeçaste, então deixa estar o que está.
Beijo,
Pai

De Memórias nos Fazemos

Fonte:
Georgia
Papel:
Cartão LD 250g/m2 e pólen Soft LD 80g/m2
da Suzano Papel e Celulose